十月の終わりに、君だけがいない

いぬじゅん

スターツ出版株式会社

あの十月を、私は忘れない。
君に出会い、恋をし、何度も時間旅行をしたよね。
風とともに現れた君は、風のように去っていった。

けれど、私は信じている。
もう一度、ふたりが出会うことを。
ほら、やわらかい風を感じるよ。

君と再会する十一月は、すぐ目の前に。

目次

十月の終わりに、君だけがいない

プロローグ

頬をなでるやわらかい風に、ゆっくりと目を開けてみる。

視界に広がったのは、透き通るほど薄い青空だった。吹き抜けた風は、砂利《じゃり》を敷き詰めた参道の向こうへと消えた。

歩き出そうとするけれど、足は動いてくれない。

「これはいつも見る夢……?」

口にしてすぐに気づく。たしかにここは、夢のなかの世界だ。

すとんと納得したあと、私は髪を耳にかける。

夢での私は現実とは違い、長くて絹糸のような黒髪の持ち主。無地のシャツは厚手で、ロングスカートを身につけている。

お腹のあたりで渦巻く感情は、悲しみとせつなさ。

いつからか同じ夢ばかり見るようになった。

数日おきのこともあれば、半年間見ないこともあるけれど、最近はすぐに夢だとわかるようになった。

朱色に塗られた大きな鳥居が、参道の入り口に見える。両側では風の形を教えるように竹林が揺れている。

「ああ……」

夢のなかの私がため息まじりの言葉を落とした。

足音にふり向くと、ゆっくりと彼が近づいてくる。古ぼけた帽子、汚れた学ラン、袖のない黒いマントのようなものを身につけている。

彼は私のそばまで来ると、長い指を操り目深《まぶか》に被っていた帽子を外した。長めの前髪が風に揺れている。

涼しげな瞳に高い鼻、三日月のような薄い唇。

「行ってくるよ」

「行ってらっしゃい」

私もそう答える。

けれど、心のなかでは嵐が巻き起こっている。

――行かないで。どうか行ってしまわないで。

言葉にすることは許されない。かろうじて言葉をのみこむと、彼は目を細めてほほ笑んでくれた。

再び帽子を被ると、彼は私に背を向けてしまう。ゆっくりと離れていく私たちの距離。

夢はもうすぐ終わる。

「行かないで……」

やっとの思いでつぶやいても、再び騒ぎはじめた風が邪魔をして、彼の耳には届かない。

結局、彼に伝えることができなかった。

もう二度と会えないかもしれないことを。

永遠の別れになるかもしれないことを。

夢の終わりを受け入れるように目を閉じれば、涙がひとつ頬にこぼれた。

第一章　「時間の旅人」　神人由芽

私は私のことが好きじゃない。

見た目とか声とかではなく、真っ先に好きじゃない点をあげるとすれば、ぼんやりしがちなこの性格だ。

『人の話を聞いていない』って友だちは言うけれど、それは言いすぎだと思う。正確には『半分くらい聞いていない』が妥当だろう。

小さい頃から空想の世界が好きで、誰かと遊ぶよりもひとりで想像しているほうが楽しかった。目を閉じればたくさんの想像がふくらみ、私にいろんな世界を見せてくれる。

小学生の頃はからかわれたり、陰口をたたかれることもあったけれど平気だった。周りに合わせることを覚えだした中学二年生くらいからは、『変わっているね』とは言われても、馬鹿にされることは少なくなった。

それでも考えごとをすることがやめられない。成長するにつれてなくなっていくものだと思っていたけれど、高校二年生になった今でも気づくと空想の世界に浸ってしまう。

自分を好きじゃないふたつめの理由は、神人由芽《かみひとゆめ》という名前について。

お父さんとお母さんがつけてくれた大切な名前だとわかっているし、昔は嫌いじゃなかったのに、高校に入学してから苦手になった。

それは——。

「おはよう、由芽」

教室に入ると同時に声をかけてきたクラスメイトにハッと我に返る。

「え？　あ……お、おはよう」

つっかえながら挨拶をする私に、その場にいたふたりがおかしそうに笑った。

「なになに、またぼんやりしてたわけ？」

「ほんっと、由芽は〝夢見がちな由芽〟だよね」

——そのあだ名が好きじゃないんだよ。

でも、言われても仕方がないことはわかっている。

「夢見がちじゃないし。今日は寝不足なだけ」

「へー」とか「ふうん」とニヤニヤするふたりにふくれた顔を見せてから、窓側の席へ向かう。

しょうがないじゃん。気づけば考えごとをしちゃっているし、周りの声がスッと聞こえなくなってしまうのだから。

気持ちを切り替え、学校にいる間は現実世界に向き合おう。自分に言い聞かせ、通学バッグからテキストやノートを取り出す。が、決意したそばから昨日見た夢が頭で再生をはじめてしまう。

……どうして何度も同じ夢ばかり見るのだろう。

最初に見たのがいつのことかは覚えていないけれど、短編映画のような数分のシーンが頭にこびりついて離れない。

薄い色しか存在しない夢のなか、私は大切な人を見送っている。名前も知らない彼はやさしくほほ笑み、最後は私に背を向ける。

『行ってくるよ』

『行ってらっしゃい』

古文Iのノートを取り出し、いちばんうしろのページを開くと、シャーペンで描いた夢の風景が姿を現す。いろんなノートにくり返し描いてきた。最初は下手くそだったイラストも、描くうちにどんどんサマになってきた。たくさんの線があの夢を再現している。

鳥居と砂利道、風に揺れる竹林。そして、名前も知らない〝彼〟の姿。はためくマントはもう少し長かったかもしれない。

そっと教室を見回してから、消しゴムでマントの先端を消して描き直す。線を加えるたびに、胸にせつなさがあふれてくる。

彼はどこへ行ってしまったのだろう。思い出せば心に悲しみが広がっていくのを感じる。

たまに見る程度だった夢を、ここのところ三日間続けて見ている。

そっと彼のイラストに指先で触れてみる。

会いたいな。いつか、この世界で会ってみたい……。

「あ、また更新してるんだ」

突然頭上でした声に「ひゃ」と短い悲鳴をあげてしまった。

見ると、玉森楓《たまもりかえで》が目を丸くしている。

「あ、ごめん。驚かせちゃった？」

「驚くよ。いきなりなんだもん」

文句を言う私に、思いっきり唇をとがらせたポーズで、楓は前の席にどすんと横向きで座った。

「ちゃんとおはよう、って言ったんだけどなぁ」

「え、そうなの？　ごめん……おはよう」

さっき誓ったばかりというのに、もうぼんやりしていたんだ……。心底ガッカリしていると、机にあるノートを楓は風のような速さで奪い取った。

「例の夢のイラストだね。久しぶりに見たけど、前より描写が細かくなってる」

「見なくていいから」

返して、と右手をパーの形に開いてみせるけれど、楓にその気はないらしい。

楓とは一年生のときから同じクラスだ。そろった前髪に校則ギリギリの茶髪。高めの位置で結んだ髪が朝日でキラキラ輝いている。アイドルになれそうなほどかわいい半面、男子にも言いたいことを言う楓はクラスでも人気者。目立たない私とも仲良くしてくれている。

といっても、プライベートで遊ぶほどの仲ではない。友だちとは呼べても親友とは呼べないくらいの間柄だ。

「まだこの夢ばっか見てるの？」

ノートを興味深そうに見つめる楓にあいまいにうなずく。

「そう……かな」

「あたしはあんまり夢を見ないからうらやましい。由芽は、名前の通り〝夢見る由芽〟だよね」

〝夢見がちな由芽〟と〝夢見る由芽〟、どっちもいいふうには聞こえない。

一年生のとき、楓にイラストを見せたことを今でも後悔している。単なる話題のひとつだったのに。仲良くなれたことがうれしくて、つい詳しく話をしてしまった。

「そのあだ名やめてよね。私はちゃんと現実を生きてるんだから」

イヤミに聞こえないように。冗談として伝わるように。

誰かにいつも気を遣っている自分については、もうあきらめた。小学生の頃と違って、陰口をたたかれるのは精神的にこたえるから。

「なはは。断言する人に限って現実を生きてないんだよ。願望、って感じ?」

楓はいいよ、たくさん友だちがいて現実世界で楽しいことがたくさんあるのだから。

私のなかでは現実よりあの夢の世界のほうがよっぽどキラキラしているの。

そんなことを言えるはずもなく、今度は私が唇をとがらせてみせた。

「うう……」

「冗談だって。でもさ、あたしはその現実ってやつが苦手なんだよね。それなのにどっぷり現実にやられてる感じ」

ノートを机の上に戻してくれた楓にホッとしながら、自然な動きでページを閉じた。

こんなイラストを描いているから、ぼんやりしていると思われている。わかっているのに、夢の出来事がいつも頭にある感じ。

夢のなかの彼に会いたい。そんなことを本気で思っていると知れば、楓は今度こそ本当にあきれてしまうだろう。

向こうから大身亜衣《おおみあい》が近づいてくるのが見えた。楓と亜衣は仲がいい。私とは楓がいればしゃべる程度の仲だ。

ショートカットの亜衣は、苗字の通り女子のなかでいちばん背が高い。水泳部のエースで、チョコレート色の肌のせいで笑うと歯が真っ白に見える。

「ウチら、同じグループなんだって」と亜衣は腕を組んだ。

「なんの話?」

楓の問いに、私もうなずいた。亜衣は「は?」と眉をひそめた。

「文化祭の話だよ。グループにわかれて準備するって言ってただろ」

「また『だろ』なんて言って。そういうときは『言ってたでしょ』って言うの」

間髪容れずに注意した楓に、亜衣はいっそう眉をひそめる。

「うるさいなあ。楓は母親かよ」

うざそうな顔の亜衣と目が合ったので、あいまいに首をかしげてみせた。

「こら」と、楓が身を乗り出して亜衣の視点を強引に戻した。

「亜衣が自分で『言葉遣いを直したい』って言ったから注意してあげてるのに、そんな言い方ないでしょ」

「そうだっけか。ウチ、忘れっぽいからさー」

カラカラと笑う亜衣に、楓も苦笑している。遅れて私もニッと口角をあげた。

亜衣は私の笑みに気づくことなく、大きな口を開けてあくびを逃がした。

「文化祭の準備がある期間って、部活休みなんだよなー。マジ、最悪」

「えー、あたしは楽しみにしてるけど」

「うわ、だるすぎ。由芽はどうなの?」

相反する楓の意見に、亜衣が私に意見を求めてきた。

十月になり、いよいよ本格的に文化祭の準備がはじまった。開催日は月末の土日なので、もう一カ月を切っている。

「〝大正ロマン喫茶店〟をやるんだよね。楓ほど楽しみにしているわけじゃないけど、興味はあるかな。レトロな雰囲気ってステキだし」

どちらとも取れる返事をするのは得意だ。今回は、少しだけ楓寄りかもしれない。

うちのクラスでは大正時代の喫茶店を再現するそうだ。詳しくないけれど、海外から入ってきた様々な文化が日本文化と融合したのが大正時代らしい。

「だよね」と楓が興奮した顔を近づけてきた。

「ネットで調べたんだけど、〝ハイカラ〟とか〝モダンガール〟とかってキーワードだけでかっこいいよね」

「ちょ、近いよ」

至近距離の顔にのけぞっても、楓はすぐに間を詰めてくる。

「あとはね、〝トンビ〟とか〝ロイド眼鏡〟とかも有名なんだって」

「それってどういう意味なの？」

「知らない！」

ひとりでケラケラと笑う楓に、亜衣は思いっきり苦い表情を浮かべた。

「うちのグループは賛成派ばっかりか。いいや、ウチにはあすかがいる。あいつは、集団行動が苦手だからわかってくれるはず」

プイと席に戻っていく亜衣の向こうで始業のチャイムが鳴りだした。楓もほかの友だちと話をはじめたので、もう一度ノートをこっそりと開いた。

マントの長さがしっくりきて、夢での彼に重なる。頬に当たる風も、彼の顔も声もこんなにはっきり覚えているのに、本当に夢なのかな……？

誰にも言えないけれど、あの夢は〝前世での記憶〟だと信じている。

私と彼は前世で悲しい別れを経験した。だからこそ、生まれ変わった今も、こんなに恋しいんだ。

恋しい……。そう、私は彼に恋をしている。

初めて夢で会った日からこの気持ちは変わらず、むしろ大きくなるばかり。クラスの男子で話す人はいるけれど、どうしても彼と比べてしまう。顔が違う、声が違う、雰囲気も笑顔もなにもかも。

せめて名前だけでも知りたいのに、同じシーンしか見ることができない。

もどかしさに悶絶《もんぜつ》する毎日は、きっと誰にもわかってもらえない。私だってこんな相談されたら驚いてしまうだろうし。これを恋と呼ぶのなら、なんてせつないんだろう。まるで心の半分を彼に預けてしまったみたいに、いつもいつも彼の行方を探している。

「いつか、会えるよね……」

小声でつぶやいてノートを閉じると、

「ということでぇ」

だみ声が急に耳に届いた。いつの間にか朝のホームルームがはじまっていたらしい。

いけない、と背筋を伸ばす。

これじゃあ、あだ名をつけられても文句言えないよね……。

担任の内藤《ないとう》先生は四十歳独身で、通称〝ナイト〟と陰で呼ばれている。ぽっこりお腹なのにジャストサイズのジャージをいつも着ている。おじさん好きのクラスメイトにはファンもいるらしいけれど、それはマスコット的な意味合いでということだろう。

ふと、教室がいつもと違うざわめきを生んでいることに気づいた。興奮を含んで誰もが近くの人と顔を見合わせている。

内藤先生がなにかを言い、みんながわっと拍手をしだしたので遅れて私も手をたたいた。けれど状況がまったくわからない。

今、なんて言ったの？

「こんな時期に転校生なんて珍しいよね」

ふり返った楓の言葉を理解する前に、教室の前の扉から男子生徒が現れた。

その瞬間、教室のなかにいるのにもかかわらず、頬に風が当たった気がした。

教壇に立った男子は背が高く、前の高校の制服なのだろう、学ラン姿でまっすぐに前を見つめていた。長めの前髪が風もないのに揺れ……。

「え……」

また夢を見ているのかと思った。

「転校生の柱谷蒼杜《はしらやあおと》くんだ」

内藤先生の声にゆっくりと頭を下げる彼。拍手の音がまるで豪雨のように響いている。

教室を見渡す彼の目が、私の場所で静止する。

それは——夢のなかで見ていた彼だった。

「柱谷くんがね、夢で見た彼だったの！」

前のめりで力説する私に、さっきから楓は眉をひそめたまま。放課後の教室は曇り空のせいで薄暗いけれど、心は晴れ渡っている。

なのに、楓はゆっくり首を横にふり、

「そんなことありえないって」

と否定するから、逆に驚いてしまう。

「……私の説明聞いてた？」

「聞いてたよ。このイラストの彼が柱谷くんだった、ってことでしょ」

机の上には、隠すことなく堂々と広げたノート。彼のイラストをあごで指したあと、楓は肩をすくめ、大きくため息をついた。

「そんなことあるわけないじゃん。いくらなんでも〝夢見がちな由芽〟すぎるよ」

「実際に起きたんだって。お願いだから信じてよ」

どう説明すればわかってもらえるの？

「どうやって信じろって言うのよ。マンガやドラマじゃあるまいし」

「それでも信じて。本当のことなの！」

必死で拝《おが》む私に、楓は「じゃあさ」と声を潜めた。

「もしもうちの母親が実の母親じゃない、って言ったら、由芽はどう思う？」

あまりにも唐突な質問に思わず笑いそうになった。楓の家は私たちの高校のすぐそばにあり、帰り道に何度かおばさんに会ったことがある。

「ありえないよ。おばさん、楓にそっくりじゃん」

「お母さんがそっくりなんじゃなくって、あたしがそっくりなの。じゃあ、父親が違うとしたら？」

「それもありえない。いつだっけ？　一学期の学校開放の日におじさん来てたでしょ？　そのときに思ったんだ。鼻の形が同じだなあ、って」

両親のパーツのよいところだけを楓は受け継いでいる。どちらかが本当の家族じゃないなんてとうてい信じられない。

楓が少し顔を曇らしたあと、「つまり！」と声に力を入れて人差し指を立てた。

「由芽が言ってるのはこういう〝ありえない〟ことなの。夢のなかの人が現実に現れたなんて話、ありえなさすぎて笑われるだけだって。ただの勘違い、幻想……いや空想だね」

「ちが……。そこまで言うなら、これ見てよ」

スマホの画面を開き、一枚の写真を見せる。家でスケッチブックに描いた彼のイラストを撮影したものだ。色鉛筆を使って薄く色も塗ってある。

「これなんて柱谷くんそのものでしょう。ほかにもあるの。あ、これとか」

ほかのイラストを画面に表示させるが、楓はチラッと横目で確認するだけ。

「たしかに似てるような気もするけど……。でも、学ランを着ている男子のイラストなんてどれも似たようなもんでしょ」

ああ、どうしてわかってくれないの。もどかしさに足を踏み鳴らしながら、ふと思い出す。

「柱谷くんが、『柱谷蒼杜です』って自己紹介したよね？　その声が、夢で聞いた声と同じだったの。それに〝蒼杜〟って名前を聞いた瞬間、体が震えたんだよ。懐かしさに涙がこぼれそうになったもん」

夢のなかでは名前は聞いたことがなかった。けれど、心がその名を覚えている。そう感じた。

「……へえ」

楓は意味もなく、ひとつに結んだ髪をなでている。

「柱谷くんと私はやっぱり前世で結ばれていたんだよ。だけど悲しい運命に引き裂かれた。そして、今日、この世界で再び巡《めぐ》り会えたの！」

「ちょっと落ち着きなよ。それだとおかしいじゃん」

「どこが？」

「前世でもし会っていたとしたら、どうして同じ名前で復活しているのよ」

復活、って……。

口をぽかんと開ける私に、楓はあきれた顔をしている。

「生まれ変わっても同じ名前なんてことある？　柱谷くんのほうはなんにも感じてない様子だったし、そもそも話しかけられてもいないんでしょう？」

う、と再度言葉に詰まる。たしかに柱谷くんと目が合ったのは一瞬だけで、そのあとは一度もない。放課後まで私に興味を持った様子はなかった。

「でも。でも……」

前世での記憶がまだ戻っていないだけかもしれないし、私の前世が今と全然違う顔なのかもしれない。

「由芽のこと信じてあげたいのは山々だけど、こんな噂《うわさ》が広まったらひかれるだけだって」

「そんなことないもん。柱谷くんの耳に届けば、きっと思い出してくれるはず」

胸が激しく鼓動を打ち続けている。ずっと恋をしていたから私にはわかる。柱谷くんこそが、私が探していた人なんだって。

「あのさ由芽って――」

――ガタン。

急に大きな音がした。見ると、楓が椅子から立ちあがっていた。

「……どうしたの?」

楓の目線は教室のうしろの扉に向いている。つられてふり向くと、扉のところに柱谷くんが立っていた。

小さく「ヤバい」とつぶやいた楓が、わざとらしく前の扉へと歩き出す。

「あ……あたし、トイレに行きたかったんだった」

待って、とも言えず、逃げるように出ていく楓を見送った。

柱谷くんの席は、うしろの扉のすぐそば。机から荷物を取り出し、黒いカバンに詰めている。あのカバンも……夢で見たのとそっくりだ。

ぼんやり見ている場合じゃない。ひょっとしたら今の会話を聞かれていたかも……。

焦りと、願ってもないチャンスかもしれないという思いが交錯している。

どうしよう、と思っている間に柱谷くんが私に向かってまっすぐ歩いてきた。

声も出せない。息さえできない。

思いもかけない展開は、夢での彼の姿に重なる。

そばまで来ると、柱谷くんは足を止めた。

やっぱりそうだったんだ。私たちは前世で結ばれていたんだ。柱谷くんも私のことを探して――。

期待は、顔をあげた瞬間に泡のように消えた。どう見ても、柱谷くんの顔が怒っていたから。

すう、と息を吸う音がすぐそばで聞こえた気がする。

「こういう話をされるのは、非常に迷惑だ」

薄い唇を動かし、彼はそう言った。

学校の裏門の右手には裏山への入り口がある。

この町のシンボルのように、連なる住宅のなかで裏山だけが目立っている。もともとは山林を切り崩して開発した町らしい。裏山はかなり大きく、今でも開発が進んでいて、奥のほうは立ち入り禁止になっている。

ちなみに、裏山に入ってはいけないことは幼少期から親に口を酸っぱくして言われているし、高校の校則でも禁止されている。

午後の日射しが照りつけるなか、私たちのグループはさっきから文化祭で使う資材を裏山のふもとあたりで探している。メモに書かれているのは『枯れ葉・細い枝・秋の花』で、裏山への立ち入りは今回に限って許可されている。が、今のところどのアイテムも見つけられていない。

「十月って季節的には中途半端じゃない？　秋の花なんてどこに咲いているのよ」

さっきから楓は不満全開に文句ばかり口にしている。

「じゃあさ、少し山をのぼるか」

亜衣の提案により、少しだけ先へ進むことになった。けれど、行けども行けども枯れ葉どころか花のひとつも見当たらない。

山の斜面は奥に進むほど急になっていて、あまり人も来ないのだろう、小道を塞《ふさ》ぐように雑草が生えている。

「もう疲れたよぉ」

また弱音を吐く楓。日頃の運動不足のせいで、私も息があがっている。

前を歩く亜衣はさすが体育会系、遅れをとる私たちを待つ間も屈伸なんかしている。文化祭でやる大正ロマン喫茶に興味はあるけれど、装飾のために裏山を歩くなんて損な担当だ。明日は筋肉痛になりそう……。

うしろでは佐々木《ささき》あすかさんがうつむきながらついてくる。小柄で丸い眼鏡をかけている佐々木さんとは、ほとんど話をしたことがない。同じグループになってからも、特に会話らしい会話はしていない気がする。

文化祭まで三週間を切り、本格的な準備がはじまったのはいいけれど、私たちのグループに任されたのはまさしく体力仕事。

ただでさえ、先日の一件で打ちひしがれている私にはきつい。

「そもそもこの時期に枯れ葉なんてあるわけねーし」

ついに亜衣まで文句を言いだした。

たしかに緑の葉は落ちていても、装飾に使うための紅葉はまだ色づきはじめたくらいのレベル。見渡した先にある獣道には草が立ち塞がるように茂っていて、照りつける太陽が体力を消耗させる。

「よし、ここで休憩しよう」

亜衣の許可が出たおかげで、大きな木の根元で休めることになった。ハンカチを敷いている右隣に、楓が倒れるように座りこんだ。

亜衣と佐々木さんは木の裏側に座ったみたい。ふたりがボソボソと話をする声が聞こえる。

木々の間から、先ほどより攻撃力を弱めた太陽の光がさらさらと注いでいる。ため息をつくと、胸がまた少し痛い気がした。

柱谷くんに言われた言葉が、壊れたおもちゃのように耳障りにリフレインする。

「ねえ、例の件だけど……大丈夫？」

楓が上目遣いで尋ねてきたので、「うん」と反射的にうなずいてから首を横にふった。

「全然大丈夫じゃない。毎日どんどん傷が深くなる感じ」

拒絶されて以来、彼とは話をしていない。教室でもあからさまに避けられているし、そもそも柱谷くんは誰とも打ち解けようとしていない様子で、最初は構っていた男子たちもあきらめたと聞く。

「だよね」と、楓はさみしげに言った。

「あたしが放課後、あんな話題をふったからだよね」

「違うよ。私が興奮して余計なこと言ったからだよ。楓は私の暴走を止めようとしてくれただけ」

膝を抱きかかえるようにすれば、さみしさがまたひとつ増えた気がした。

「あれから夢は見ていないの？」

「……うん」

改めて考えると、聞かれるような場所で夢の話をすべきではなかったと思う。楓も注意してくれていたのに、あふれ出る言葉を止めることができなかった。

柱谷くんはなんにも悪くない。転校初日にあんなことを言われたら誰だって怒るだろう。

「迷惑なんだって」

あれ以来、ため息まじりの言葉ばかりこぼれてしまう。片手を伸ばし、楓が私の肩を抱いてくれた。

「ショックだよね」

「でも不思議なの。それでもまだ好きな自分がいる。私ってストーカー気質なのかな」

「なんでもいいよ。好きなら好きで仕方ないし」

この数日、何度も自分に言い聞かせた。柱谷くんは夢で会った彼とは別人だ、って。

偶然似た人が転校してきただけだ、って。

それなのに、『違う』と反論する自分を抑えることができない。

私は……本当に〝夢見がちな由芽〟なんだ。

「昔ね——」勝手に言葉がこぼれていた。

「小学四年生の春に、初めて彼の夢を見たんだ。あまりにもリアルな夢だったから、クラスの友だちに興奮して話した。最初はみんなおもしろがって聞いてくれたけれど、夢を見るたびに話をしちゃったせいで、だんだんと避けられるようになったの」

なにを言っているのだろう、と口をつぐんだ。

「ごめん。ヘンな話しちゃった」

謝る私の腕を、楓が急につかんだからびっくりする。

「その話聞きたい。由芽が昔のことを話してくれるなんて初めてだもん」

あまりにも真剣な瞳に、気圧《けお》されるようにうなずく。

「教室ではそれなりに話はしたし、いじめとかもなかったと思う。でも、帰り道や休みの日はひとりきりだった。親に心配かけたくなくて、土日とか夏休みは『遊びに行ってくる』って嘘《うそ》をついて、そこの公園のベンチにひとりで座ってた」

学校近くにある公園を指さした。

「セミの声を数えたり雲の形を眺めたりしながら彼のことを考えた。目を閉じるとより顔が浮かぶから、何分もじっと目をつむって……暗いよね」

自嘲《じちょう》気味に笑うと「たしかに」と、楓は言った。

「でも、つらかったね」

「中学生になってからは嫌われないようにニコニコすることを覚えた。夢の話は誰にもしないように気をつけてきたのに楓には話しちゃった。さらに現実に現れたなんて騒いで……。私、おかしいよね？」

もうひとりぼっちの時間を過ごしたくない。楓に嫌われたくない……。

「おかしくなんかないよ」

「……本当に？」

「やっぱりちょっとおかしいか」

訂正した楓に目を丸くしてしまう。楓はこらえきれないように「ぶっ」と噴き出した。

「あたしには夢のことはわかんないけど、それも含めての由芽でしょ。嫌ったりなんかしないからちゃんと話をすること。由芽を知ることができてうれしいんだから」

やさしい楓に泣いてしまいそうで顔を逸《そ》らすと、獣道も空も風も、少しやさしく瞳に映る気がした。

「じゃあ、そろそろ行くか」

亜衣が宣言して立ちあがった。佐々木さんも黙って隣に並んでいる。

「えー、もう少し休憩させてよ」

甘い声で延長を希望する楓に、亜衣は「ダメ」とひとこと。たしかに集合時間まで残り少ないから急いで探さないといけない。

「とりあえず手わけして探そう。ウチとあすかは枯れ葉、楓は秋の花、由芽は小枝ってことで。あすか、上を探すか」

「え、でも……上には行かないように言われてるよね?」

久しぶりに聞いた佐々木さんの声は細くて、こんなに近くにいるのによく聞こえなかった。

「しょうがないだろ。だってこのあたりにはなさそうだし。ほら、行こう」

「待って、あたしも」と楓が追いかけていく。

左側を見ると、なだらかな斜面にいくつもの小枝が散らばっているのが見えた。装飾チームから『なるべく細かい小枝を』とリクエストされているけれど、あれならピッタリかもしれない。

「私、ここで探すね」

「はいよ」

去っていく楓を見送ってから、慎重に斜面を下る。あっという間に十本くらい手に入れられた。これだけあれば十分だろう。

日差しのせいで額が汗ばんでいる。斜面をのぼり、もといた小道に戻った。

「……がんばらないと」

声にして自分に言い聞かせる。

あの夢にこだわりすぎたせいで現実世界にも影響が及んでいる。ちゃんと現実と夢との区別をつけて考えなくてはいけない。

柱谷くんは、夢とは関係ない人。せめてこれ以上嫌われないようにしなくちゃ……。

みんなはだいぶ先へと進んだらしい。山の中腹あたりからはしゃぐ声が聞こえている。

そちらへと歩き出そうとした瞬間だった。急に体を揺らすほどの突風が吹きつけてきた。

「あっ！」

持っていた小枝が手から奪い取られ、地面に散らばってしまった。

……びっくりした。

そういえば、夢のなかでも風を感じられたし、柱谷くんが転校してきたときも同じように風が吹いたよね……。って、また考えてしまっている。

小枝を拾い集め体勢を戻すと、さっき休憩していた大木のそばに誰かが立っていた。

「え……」

私をまっすぐに見つめているのは――柱谷くんだった。

新しい制服がまだ届いていないらしく、学ラン姿の彼は否が応でも目立つ。

「どうして……ここにいるの？」

柱谷くんは買い出しグループのはず。それなのにどうして裏山にいるんだろう……。

「話がある」

低い声でそう言い、近づいてくる顔を見てすぐに覚悟した。なぜなら、前のときと同じく怒った顔をしていたから。

ああ、また傷つくのか……。

私の噂をまた耳にしたのだろう。あれ以来、夢の話はしていないけれど、これまでの前科はたくさんあるから有罪確定だ。

「ごめんなさい」

先に謝る私に、柱谷くんは足を止めた。

「まだなにも言ってない」

「でも……きっと、そういうことだろうなって……ごめん」

奇妙な沈黙が続いた。

今が夏ならよかったのに。沈黙をセミの声が埋めてくれただろうし、青すぎる空が傷を癒《いや》してくれただろうから。小学生の頃、ひとりでベンチに座っていたあの孤独が襲ってくる。

勇気を出して視線をあげると、柱谷くんの目が穏やかになっていたから驚いてしまう。

自分でも気づいたのだろう、柱谷くんは「いや」と軽く首をふって、しばらく視線を落としてから顔をあげた。

そして、彼が言った言葉は私の想像もしていないことだった。

「これから寸刻《すんこく》、ここにとどまってほしい」

「……寸刻って？」

「束《つか》の間という意味。ここから動かないでほしいんだ」

「どういう……こと？」

柱谷くんがポケットからなにかを取り出した。おじいちゃんが持っていた懐中時計に似ているけれど、それよりもやや大きい。シルバーというには鈍い色のそれを私に見せてくる。

「これから五分の刻《とき》、とどまるだけでいい。君の友人は残念なことになるが、致し方ない」

時計は午後一時五十五分を指している。五分後はちょうど二時ということになる。

「ちょっと待って」

素直にうなずけばいいのに、反射的にそう言っていた。

「とどまる、って、ここにいるってことだよね？　五分間ここにいる、ってどういうこと？」

「そのままの意味だが」

淡々と答える柱谷くんに頭のなかがこんがらがっていく。

「えっと……。そもそも、どうしてここにいるの？　柱谷くんは違うグループだよね？」

「そうだったか？」

質問しているのは私なんだけど……。上のほうからにぎやかに笑う声が聞こえた瞬間に思い出す。

「さっき『友人は残念なことになる』って言ったよね？　ちゃんと説明して」

なぜかわからないけれど、イヤな胸騒ぎがしている。

柱谷くんは懐中時計をポケットにしまうと、大きくため息をついた。

「五分後に災厄《さいやく》が起きるが、ここにいれば安全だと言っている」

「最悪が起きる、って？」

「最悪じゃない、災厄。つまり崖が崩れ――」

そこまで聞いた瞬間、私は両手に抱えた小枝を手放し駆け出していた。

「おい！」

うしろで柱谷くんが叫ぶ声が聞こえても足は止めない。生い茂る草をかきわけながら坂道をのぼると、左側に『工事中　立ち入り禁止』の看板と黄色いロープが張ってあった。

ロープの向こう側にある、教室くらいの空き地に三人はいた。先は崖になっているらしく途中で地面が消えていて、遠くに見える一段低いところに工事車両が何台も置かれている。

「あれ、小枝は？」

私に気づいた楓が不満そうに言うが、そんなことを答えていられない。

「みんなこっちに来て。そこにいたら危ない！」

ロープをくぐりながら叫ぶけれど、三人ともぽかんとしているだけ。

亜衣が「ほら」とゴミ袋を持ちあげた。

「枯れ葉がこんなにある。やっぱ日当たりのいい場所だからだろうな」

「いいから、こっちに来て！」

「せっかく集めたのにやめろよ！」

袋ごと引っ張ると亜衣が怒った声を出した。

時間は……!?　残りの時間はどれくらいあるの？

「ちょっと由芽、どうしちゃったの？　せっかく見つけたんだから早く拾おうよ。小枝もたくさんあるよ」

そう言う楓の隣で、佐々木さんは黙々と花を摘んでいる。

どうしよう。どうすればいいの⁉

「由芽！」

ふり返ると、柱谷くんがいた。今、私の名前を――。

そのとき、ぐわんと足元が揺れた。

「ひゃあ！」

楓がその場にうずくまるのと同時に、地響きのような音が足元から一気に生まれた。

地面から土埃《つちぼこり》の塊《かたまり》がいくつも噴き出している。

「危ない、逃げろ！」

運動神経のいい亜衣は、叫びながら山道へと転がり出た。

ほかの人は……。見ると、楓も佐々木さんもその場でうずくまっていて動かない。

「由芽、つかまれ！」

ロープ越しに柱谷くんが手を伸ばしている。つかもうと必死で手を伸ばす。もう少しで届きそう。

だけど、楓は？　佐々木さんは⁉

指先に触れるか触れないかの距離で、急に足元の感覚が消えたかと思うと、視界が一気にぶれた。悲鳴と地響きのなか、宙に浮いた感覚は一瞬だけ。私の体は強く地面にたたきつけられた。

「ああ……」

内臓をえぐる痛みのあと、口のなかに土の味が広がった。

痛い痛い痛い痛い。声が出ない、息ができない。

なんとか頭を動かすと、土埃の向こうに大きな土砂の山があった。体が半分埋まった楓が苦しそうに顔をゆがめている。

「か……楓……」

ヒューヒューとかすれた声しか出てくれない。

反対方向を見れると、佐々木さんがうつぶせに倒れている。その体はほとんど土砂に埋もれてしまって……。

ああ、上空には薄い青空が広がっている。そのふちから徐々に黒く侵食されていく。

意識が遠のいていくのだろう。

……そっか、私、死んじゃうんだ。

ふいに視界に誰かが入ってきた。

「柱……谷、くん……」

いつの間に下に来たのだろう。柱谷くんは困った顔で私を見つめている。口を動かしてなにか言っている。

ねえ、なんて言ったの？　もう聞こえないよ。見えないよ。

それでも、短すぎる人生の最後の瞬間に顔が見られてよかった。

目を閉じれば、真っ暗な世界に私は落ちていくだけ。


「よし、ここで休憩しよう」

亜衣の声に、ハッと目が覚めた。

とたんに足の力が抜けその場に転がってしまい、したたか地面に膝を打ちつけてしまった。

「ちょっと、大丈夫!?」

この声は……楓？　腕を引っ張られ、その顔を確認するとやっぱり楓だ。

「楓！」

「びっくりした。大きな声出さないでよ」

「え……なに？　どうして……」

「痛くない？　ほら、座ろう」

大きな木の根元。亜衣と佐々木さんは木の裏側に座っているらしく……。

……これってさっき体験したことじゃ？

「どうなってるの……？　さっきの崖崩れは？」

声が震えているのが自分でもわかる。体がちぎれるほどの痛みも土の味も消えてしまっている。

楓は「もう」とあきれ顔でどすんと腰をおろした。

「またあっちの世界に行ってたんでしょ。まったく、由芽はすぐに空想の世界に行っちゃうんだから」

「違う。私、たしかにさっき……」

両手を見ても傷ひとつない。制服も汚れていない。痛いのは転んだときに地面についた膝だけ。

楓が腕を伸ばし、強引に私を座らせた。

「大丈夫だよ、落ち着いて」

「あ、うん……」

今のが夢だとしたら、なんてリアルな夢を見てしまったのだろう。いや、直前まで歩いていたってことは、まさか夢遊病とか……。

「ねえ、例の件だけど……大丈夫？」

楓が上目遣いで尋ねてきたので、そこで思考は完全にフリーズしてしまう。

この会話は……さっきしたのと同じだ。

「うん」と反射的にうなずいてから首を横にふった。

「全然大丈夫じゃない。毎日どんどん傷が深くなる感じ」

たしか、こう答えたはず。そうしたら楓はたしか『だよね』と言い、反省するようなことを口に……。

「だよね」と、楓はさみしげに言った。

「あたしが放課後、あんな話題をふったからだよね」

やっぱりそうだ。体中から血の気が引くのを感じる。

映画で何度か見たことがある。同じ時間を何度もくり返しながら少しずつ過去を変えていく……たしか、タイムリープ？

「そんな……」

震える声は言葉にならずに地面に落ちた。

「わかってるよ、あたしだって反省してるんだから」

「そうじゃなくて、あの……タイム……」

そこまで言いかけて口を閉じた。よくよく考えたら、タイムリープなんて実際に起きるはずがない。

〝夢見がちな由芽〟である私にとっては、正夢を見たというほうが正しいのかもしれない。それなら説明がつくけれど、今度は夢遊病の問題が出てくる。

「あの、待ってね。ちょっと……考えさせて」

ギュッと目を閉じても、頭のなかで考えがぐるぐる回っていてうまくまとまらない。

もし正夢を見たのだとしたら、このあとの展開は……。

「じゃあ、そろそろ行くか」

大木の裏側から亜衣の声がしたので、慌てて立ちあがった。

「待って！」

「は？」

いぶかしげな亜衣の隣には佐々木さんもいる。

「亜衣……。ひょっとしてこれから手わけして探そうって言おうとしてた？」

おそるおそる尋ねる私に、亜衣はニカッと白い歯を見せた。

「今、ちょうど言おうとしてたところ。時間がないし、そのほうが効率的だろ？」

「それって、小枝が私。亜衣と佐々木さんが枯れ葉で、楓が……花？」

「すげえ、超能力かよ。上のほうなら日当たりもいいしありそうじゃね？」

目を輝かせる亜衣に、

「あ、うん」

とうつむくしかなかった。

やっぱり正夢を見たんだ。まだ半信半疑だけど、同じ会話がくり返されている以上、私がやるべきことはひとつしかない。

タイムリープものの映画をたくさん見ているせいで、こういうときには前の失敗を回避するのが先決だと知っている。私たちの失敗は、中腹にある立ち入り禁止区域に入ったことだ。

崖の下で倒れている時の光景を思い出すと、ズキンとした痛みが胸に生まれた。自分の死を受け入れるしかなかったあの絶望が、すぐ先に待ち構えている。

「できるはず……」

つぶやく私に亜衣が眉をひそめるのが見えたので、慌てて道の先を指さす。

「上のほうって立ち入り禁止だって内藤先生が言ってたよね？」

「しょうがないだろ。このあたりにはなさそうだし」

みんなを守るためにはここで負けちゃいけない。

「私、こう見えても足が速いの。ひとっ走りして上を見てくるから、みんなはこのあたりでもう一度探してみてよ」

「じゃあ、あたしも一緒に――」

立ちあがろうとする楓を右手をあげて制止した。

「大丈夫だから。五分で戻ってくるから！　ほ、ほらそこに小枝があるから拾っておいて」

言うや否や走り出した。途中でふり返ると、三人でなにか話をしている。強引だったとは思うけれど仕方がない。あの夢を現実にするわけにはいかないから。

必死で坂をのぼりながら時間を計算する。私が斜面で小枝を拾うのに五分。そのあと、柱谷くんに会ってから五分後に崩落が起きる。

……そうだ。柱谷くんが見せてくれた懐中時計を思い出した。二時ちょうどに崩落が起きたんだ。

スカートのポケットからスマホを取り出して見ると、十三時五十五分を過ぎたところ。もしみんなが来ても、立ち入り禁止より先へ行かないように阻止すればいい。

息も絶え絶えに中腹まで来ると、やはりそこはさっき見た光景と同じだった。

ただひとつ違うのは、立ち入り禁止のロープの向こう側に、柱谷くんがうしろ向きに立っていたこと。

「蒼杜くん！」

思わず下の名前を叫んでしまった。

ゆっくりふり向いた彼の目が私を見つけるのと同時に、すごい風が吹いた。まるで彼が風を操っているみたい。

「いいね、その呼び方。苗字が嫌いだから、そう呼んでくれたほうがいい」

「そ、そんなことより……危ないから！」

時計を見ると、あと三分しかない。

「わかってるよ」

クールな顔で柱谷くん……蒼杜くんがこっちに歩いてきた。長い足で軽々とロープを越えるとそのまま、生い茂る木のほうへと進んでいく。

「待って。私……正夢を見たの？」

きっとまたわけのわからないことを言っている。けれど、蒼杜くんはそう言われるのがわかっていたかのように顔だけをこっちに向けてから肩をすくめた。

「次は気をつけろよ」

さっき意識がなくなる寸前に見たのと同じ口の動きだとわかった。

——次は気をつけろよ。

失敗した私を救うために、蒼杜くんは時間を巻き戻してくれたの？

片手をあげると蒼杜くんは木の向こうに消えた。

彼はこのあとに起きることを知っている。そう、さっきも崩落を予言していたはず。

「ちょっとぉ」

見ると坂を三人がのぼってきている。

「五分経ったけど戻ってこないから来ちゃったよ」

「単独行動すんなよな」

楓と亜衣のうしろから佐々木さんもついてきている。スマホを見ると、画面に午後二時と表示されていた。

遠くから雷のような音が近づいてきた。ふり向くと、ロープの向こうが噴火したように土埃を噴出した。楓が悲鳴をあげてうずくまる。

やがて地割れが起き、さっきまで蒼杜くんが立っていた場所が音を立てて崩れていった。

帰り道はずっと胸が騒がしかった。

あのあとクラスに戻ってから楓と亜衣が崖崩れについて職員室まで報告しに行った。しばらくして、校内放送により改めて裏山への立ち入りは禁止だと伝えられた。

楓の家は学校のそばにある。放課後、楓の家の前で別れてからもドキドキが治まらないまま、駅へ続く道を歩いた。

家の方向とは逆だけど、たしか蒼杜くんが転校してきたときに、駅前のマンションに住んでいる、と話しているのを聞いたから。

会えるとは限らないのに、どうしても話がしたかった。あの不思議で衝撃的な事件を、蒼杜くんが予言していた。私が正夢を見た理由を蒼杜くんが知っているのは間違いない。

夕暮れの街は駅へ向かう人でどんどん混んできている。いくつもの長い影も一緒に歩いていて、実際よりもたくさんの人が歩いているみたい。

早足で蒼杜くんの学ランを探す。校門を出たとき、少し先を歩いていたからきっと追いつけるはず。

駅前の大きな交差点で信号待ちをしているうしろ姿を見つけたとき、ホッとするのと同時に、なぜかイヤな予感が生まれた。

それがなにかさえわからずに、人をかきわけ彼の隣に立った。

「あの……ちょっといい？」

蒼杜くんは前を見たままわずかにうなずいた。まるで私が来ることを知っていたかのような様子に一瞬戸惑うが、今はそれどころじゃない。

「聞きたいことがあるんだけど」

「ああ」

「さっきの事故、蒼杜くんは知ってたんだよね？　崩落が起きることを知っていたから私を止めたんだよね？」

逆光のせいで、蒼杜くんがどんな表情をしているのかよく見えない。信号が青に変わり、人が動き出しても私たちはその場にとどまった。

じっと前を見たままクールな表情を崩さない蒼杜くんから視線を落とした。

答えがないまま、横断歩道に信号の点滅が反射しはじめる。

幼い頃から、今いる現実が空想の世界なのかと疑うことがあった。私ひとりだけが目覚めていなくて、起きていることはすべて夢の世界の話のように思えた。

久しぶりに味わう自分への疑いがどんどん大きくなっている。

現に、私を拒絶しているかのように蒼杜くんは目も合わせてくれない。

「ごめんね、わけがわからないことを言っているよね。私、おかしいのかも」

ぜんぶ、私の妄想だとしたら、蒼杜くんを困らせるだけ。こんなふうにこれまでも夢見がちなせいで、いろんな人に迷惑をかけたことがあった。

……いつまで同じことばかりくり返しているのだろう。

急に生まれる情けなさが涙に変わり、こみあげてくる。

「なあ」と、彼は感情のない声で言った。

「自分を疑うのはやめたほうがいい。自分を疑ってしまったなら、見えているものや感じているものまでぐらつく。由芽に足りないのは、自分を信じる勇気なんだよ」

自分を信じるなんて、今の私にはできない。

グラグラと揺れる世界のなかで足を踏ん張っても転んでしまうだけ。そして、永遠に後悔をくり返す。

あまりにも自分の存在はちっぽけで、情けない。

こんな私に好かれても、蒼杜くんにとっては迷惑でしかない。

「ごめんなさい。私……行くね」

あとずさりをする私に、蒼杜くんがハッとしたようにこちらを見た。なにか言いたいけれど言えないような表情にまた傷つく。

追いかけてこなければよかった。こんな話をするんじゃなかった。

いつだって後悔は波のように何度も押し寄せては、私を弱くしてしまう。

「今はダメだ。ここにいたほうがいい」

「……ごめんね」

踵《きびす》を返し交差点に立ち並ぶ人の間を抜けて、もと来た道を引き返す。人の流れに逆らって走れば、悔しくて涙があふれそうになる。

きっと、たまたまあの場所にいた蒼杜くんが助けてくれただけ。私を心配する理由もないのに、勝手に夢と結びつけてしまったことが恥ずかしくていたたまれなかった。

四つ角に差しかかったとき、急に突風が吹きつけてきて前髪を躍らせた。すごい風に目を開けていられない。

よろけるのと同時に、なにかすごい音がそばで聞こえた。視線を向けると、そこにはふたつのまぶしい光があった。

車のライトだと気づいたときには遅く、鈍い痛みと同時に地面になぎ倒されていた。

あまりの痛みに悲鳴をあげるが、クラクションにかき消されてしまう。

運転手が慌てておりてくるのが見えた。けれど、すぐに視界がぼやけていく。

誰かが「救急車を！」と怒鳴る声も小さくなっていく。

仰向けで見る空には星もない。どんどん暗くなっていく視界に、蒼杜くんが見えた。

「蒼杜くん……」

口のなかが切れているのだろう、名前をちゃんと呼ぶこともできないまま暗闇が訪れる。

最後に聞こえたのは、

「だから気をつけろ、って言っただろ」

という、不機嫌な声だった。

とん、と肩を押されて我に返る。

信号が変わり、歩き出す人がぶつかったみたい。

「え……」

思わず自分の腕をさすっていた。口のなかも切れていないし、ケガもしていない。

ここは駅前の大きな交差点で、やがて点滅する信号の光が横断歩道に映り……。

右を見ると、蒼杜くんがさっきと同じように前を見たまま立っていた。

また……時間が巻き戻っているの？

「どうなっているの……。だって、今……事故に遭ったはずなのに、あれも正夢だった。そういうことなの？」

最後は自分に向けて尋ねていた。やっぱり私は頭がおかしくなったのかもしれない。ありもしない妄想に囚《とら》われて、なにが現実なのかわからない。

あっけないほど簡単に涙が頬にこぼれた。

「これも夢なの？　どれが本当なの……？　わからないよ」

「そうだよな」

顔をあげると、点滅する信号に照らされた蒼杜くんの表情がやさしく見えた。

「聞いてやるよ。なにがあったか話をして」

「あの……ね、今日は何度も正夢を見ているの。起きているのに夢のなかにいるみたいで……。こんなんだから、私は夢見がちだって馬鹿にされていて――」

ふいに頭の上が温かくなった。見ると、蒼杜くんが私の頭に左手を置いていた。

――夢の世界でも同じことがあったはず。

懐かしい記憶を無理やり押しこんだ。こんなことばかり考えているから、私はダメなんだ。

ただの夢を前世だと思いこんでしまったから、現実世界までも侵食されている。なのに、彼の手からやさしさが伝わるようで涙が止まらない。

「申し訳ないと思っている」

蒼杜くんは横顔のままそう言った。

「理由は言えないが、もう少しだけ時間旅行をすることになる」

「時間……？」

涙でゆがんだ蒼杜くんがひとつうなずいた。

「君を守るためなんだ」

「私を守る……。じゃあ、やっぱり蒼杜くんが？　正夢じゃなく、タイムリープをしているってこと？」

崖の崩落も車の事故も、私の命を助けるために？

「タイム……？　その言葉は知らない」

「でも、でも……」

「由芽が気にすることじゃない」

少し近づけたと思ったら、すぐに遠ざかるかげろうみたい。頭に置かれた手が外されると、さっきよりも冷たい空気を感じた。

泣いたせいで街灯も信号もにじんでいて、世界が私の降らす雨に包まれているみたいだ。

「とにかく十月が終わるまでは慎重に行動しろ。俺にはそれしか言えない」

まったく意味がわからないけれど、蒼杜くんが私を助けてくれたのは間違いのないことだろう。

「時間を戻して助けてくれているってこと?」

「さあな」

「……ありがとう」

そう言う私に、蒼杜くんは、横断歩道の海へ足を踏み出した。

二歩進んでからふり返る彼の瞳は、いつもの冷たい温度に戻っていた。

「お礼を言われる筋合いはない。義務としてやっているだけだから」

もうふり返らずに歩いていく背中をただ見送った。

「あ……」

そのときになり、やっと蒼杜くんが私の名前を何度か呼び捨てにしていたことに気づいた。

混乱したまま顔をあげると、空の向こうに丸い月が顔を出していた。

現実世界と夢の世界との境界線はあいまいだ。

むしろ、今のように夢のなかにいるときのほうが『これは夢だ』とわかる気がする。

逆に今日のように、現実世界にいても疑ってしまうことが増えている。

今、夢を見ているとわかったのにはいくつかの理由がある。裏山の景色も、見あげた空も雲も、消えそうなほど薄い色だったことがひとつ。もうひとつは、崩落したはずの場所がまだ残っていること。ぽっかりと穴が空いたのが嘘みたいに教室くらいの土地が目の前にある。

制服のスカートのポケットから私が取り出したのは、蒼杜くんの懐中時計だった。

時間はもうすぐ……午後二時。

間もなく目の前の地面が音を立てて崩れるのだろう。一度体験したからわかっている。顔をあげると、立ち入り禁止のロープの向こう側に蒼杜くんが立っていた。

「え、どうして？」

彼のやわらかい黒髪が、風に揺れている。

蒼杜くんは、神社での夢と同じようにマントを身につけている。右手に帽子を持ったまま、私と視線を合わせた。

「行ってくるよ」

神社での夢と今日の崩落事故が一緒になっているみたい。去っていく蒼杜くんを必死で止めたくて、前は言えなかった言葉を伝える。

「行かないで。蒼杜、行かないで」

呼び捨てで名前を口にしても、蒼杜くんは首を静かに横にふるだけ。

「これでいいんだよ」

なにがいいの？　蒼杜くんがいない世界を受け入れるのが正しいことなの？

涙のせいで言葉になってくれない。彼のそばに行きたいのに足も動かない。

手のなかで懐中時計がカチリと音を出した次の瞬間、蒼杜くんの足元から大きな音がした。地面に亀裂が入ったあと、氷が割れるように地面は崩れだす。

「蒼杜！」

手を伸ばしても届かない。バラバラになっていく世界で、私までも崩れていくかのような恐怖が押し寄せてくる。

「蒼杜、蒼杜！」

何度呼んでも、もう二度と答えてはくれない。宙をかいた指がおかしなくらい震えていて、だけどなにもできなくて。

ああ、早く夢から醒《さ》めてほしい。こんな悲しい夢なら、二度と見たくないよ。

ギュッと目を閉じれば、世界にひとりぼっちのような気がした。

ハッと目を覚ますと同時に、部屋の照明のまぶしさにうめき声をあげてしまった。

十月というのに額に汗をかいていて、走ったあとのように息も荒くなっている。

夢でよかった……。胸を押さえながらベッドからゆっくりと起きあがった。

今日は何度も同じ時間をくり返したせいで、家に帰ると夕飯も食べずに寝てしまった。

──同じ時間をくり返した？　ああ、どれが現実の出来事なのかわからない。

壁にかけてある時計を見ると、午後十時を過ぎたところ。

部屋を出て一階へおりると、リビングには誰もいなかった。お父さんは出張中だし、お母さんのパートは朝が早いのでもう寝たのだろう。

キッチンには夕飯がラップをして置かれている。豚肉の生姜《しょうが》焼きとキャベツの千切りサラダ、『味噌《みそ》汁は鍋のなか』と書かれたメモを手に取り、もとの位置に戻した。

冷蔵庫から麦茶のボトルを取り出して、グラスに注ぎ三分の一ほど飲むと、やっと少し落ち着けた気がした。

カウンターに置いたままのスマホには、楓からのＬＩＮＥメッセージが表示されていた。

【どうしよう。帰ったとたんに寝ちゃって、起きたらこんな時間だし】

楓も私と同じなんだ。思わず笑ってしまったあと、ある考えが頭に浮かんだ。

あの崩落で私だけじゃなく、楓たちも同じ時間をやり直したのかもしれない。だから疲れ果ててしまったのかも……。

残りの麦茶を飲んでから、私は楓に電話をかけることにした。

「信じられないかもしれないけど、最後まで聞いてほしいの」

そう言った私に、楓は人差し指と親指でOKマークを作ってから、口にチャックをする動きをしてみせた。お風呂に入ったばかりなのだろう、乾ききっていない髪がいつもより大人っぽさを醸し出している。

学校近くにある公園は、小学生の頃の思い出の場所だけど夜に来たのは初めてだった。

頼りない照明がまばらにあるだけで、ベンチに座る私たちを半分闇に溶かしている。風はないのにやけに空気が冷たく、指先がかじかんでいる。

楓に電話で『話がしたい』と言うと、楓はそっこうでこの公園を指定した。電話よりも直接顔を見て話をしたい、と言う彼女がうれしくて、家を出ることに迷いはなかった。

小学生のときにひとり空想にふけっていた公園に誰かと来るなんて、あの頃の私は想像もしていなかっただろう。

夜になり一気に気温が下がったせいで、呼吸するたびに宙に白い息が生まれている。

「私、ずっと〝夢見がちな由芽〟とか〝夢見る由芽〟って呼ばれてるよね？　本当はすごくイヤだったけど、実際、いつもぼんやりしちゃうんだよ」

黙ってうなずく楓を見てから、つま先に視線を落とした。裏山では見つけるのに苦労した枯れ葉がいくつも地面でくるくる踊っている。

「昔の夢ばかり見てるし、今日も裏山に行ったとき、おかしかったでしょう？」

「それな」と言ってから楓は、しまったというふうに両手で口を閉じた。

「いいよ、話をしても」

そう言うけれど、楓は首をブンブンと横にふり、右手を広げて差し出した。『続きをどうぞ』ということだろう。

「夢と現実の境界線がぼやけているの。特に現実のほうは、どっちがどっちかわからなくなっちゃうことがあるの」

虫の声が遠くから聞こえている。誰もいない公園にふたりきり。もっと楽しい話をしたいけれど、楓だけには今の私の思いを知ってほしい。そう思った。

「今日は特にひどくて、同じ時間を何度もくり返した感じだった。そこに、蒼杜くんも関係してて……って、わけがわからない話をしてごめん」

自分という人間について説明するのが難しい。楓に会ったら、ぜんぶ話そうと思っていたのに、前世の話やタイムリープの詳細に触れることには躊躇《ちゅうちょ》してしまう。

そんな自分を弱いと思うし、情けないとも感じる。だけど、楓を困らせたくない。

結局私は『嫌われたくない』という思いに抗えないままなんだな……。

見ると楓が右手をまっすぐに上にあげていた。

「はい、楓さんどうぞ」

先生がするみたいに促すと、楓はうれしそうにニカッと笑った。

「正直に言うとね、由芽はよくわからない人だと思う。いつもぼんやりしているし、夢で会った人が現実に現れたとか言いだすし。由芽の取扱説明書があるなら、すごいページ数になるんだろうね。きっと辞書くらいの厚さだよ」

「自分でもそう思う」

「ただね」と、楓が困ったようにうつむいた。

「うまく言えないけど、今日の出来事についてはちょっとわかるの。同じ時間をくり返した、って言ってたよね？　今日はやけに疲れててさ、家に帰ったとたん寝ちゃったわけ。そのときに、すっごくイヤな夢を見たんだ」

いつもよりも静かなトーンで言うと、楓は宙に目をやった。

「不思議な夢だった。あたしたち――あ、由芽以外のメンバーがあの崩れた場所に立っているの。そしたら由芽が『危ない』って走ってきて、だけど言っている間に足元が崩れて落ちちゃうんだよ」

「え……」

それは実際にあった一回目の出来事だ。

「あっという間に崖下に落ちちゃって、夢なのにすごく痛くて苦しくて……。で、目が覚めた。まるで、今日あった出来事のもうひとつの展開を見ている感じがしたんだよね」

真剣な顔をしたあと、「だから」と楓は続けた。

「目が覚めてすぐに思ったの。由芽もひょっとしたらこんなリアルな夢を見ているのかなって。同じ夢だったらなおさら、相手のことを好きになるだろうな、って。勝手に少しだけ由芽のことが理解できたような気がした」

「うん」

「あたしさ……」

迷うように言葉を切った楓と目が合った。潤んだ瞳のまま、楓は深いため息をこぼす。

「正直、これまで由芽の言葉をちゃんと聞かずにいた。あんな夢を見たあとの今だって、まだ由芽が夢で見た柱谷くんの夢――ああ、ややこしい！　とにかく百パーセント信じるとは言えないよ？　だけど……信じたいって思う」

本当の気持ちを言葉にすると、ちゃんと伝わると知った。楓の言葉のひとつひとつが胸に染みわたっていく気がした。

「ありがとう。私も、ちゃんと伝えられるようにがんばるから」

「ヤバい。なんか泣ける」

「私も」

それから私たちはクラスのことや文化祭について話をした。自分の思っていることを口にするのは恥ずかしくて、でもそれ以上にうれしかった。

一回目のとき、木の下で話した小学生時代の話はなかったことになっていたので、そのことも話をした。最初と同じように、楓はやさしく聞いてくれた。

「そういえばさ」と、楓が言った。

「大正ロマン喫茶の資料を装飾班に見せてもらったんだけどさ、わかったことがあるんだ」

「え、なに?」

ベンチから立ちあがる楓に食い気味に尋ねた。

「ほら、由芽が見せてくれたイラストあるでしょ? 柱谷くんに似てるってやつ。あの男性がつけていたマントって、トンビっていう名前みたい」

「トンビ……」

「大正時代に流行っていたんだって。衣装班の子がネットでトンビだけじゃなく、カバンや帽子まで購入しててさ、ほんと、あのイラストにそっくりだったんだよ」

「そうなんだ」

「てことは、あの夢は大正時代の出来事かもしれないね」

大正時代って、ずいぶん昔のことだよね……。蒼杜くんとは、大正時代に出会っていたってことだろうか。そう考えるとあの夢は、どこか昔っぽい雰囲気が漂っている気もする。

「楓に相談してよかったよ」

「でしょう」と胸を張ってみせたあと、楓は少し照れたような顔をした。

「あたしもさ、今度、相談に乗ってほしいことがあるんだよね」

「相談？　今聞きたいな」

「まだ無理。それに早く家に戻らないと叱られちゃうし。でも、はっきりしたら最初に由芽に相談するからね」

公園の出口で手をふり合って別れた。

まるで永い眠りから覚めたように……と言えば少し大げさかもしれないけれど、ちゃんと伝えられたことで心がスッキリしている。

私たちが時間を巻き戻したことについては、まだ言えない。理由がわかったら、私も楓にだけはちゃんと話をしたい。

——違和感は、歩き出してすぐにあった。

いつの間にか少し離れた場所に男性が立っている。公園沿いの道を進むと、男性も少し離れてついてくる。さりげなくふり返ると、男性も立ち止まってそっぽを向いている。フードを被っていて顔はよく見えない。

ふいに強い風が吹いた。髪やスカートを乱す風に気を取られているうちに、すぐそばにフードの男性が立っていた。

やっと気づいた。強い風は、悪いことが起きるときの合図だ。

逃げ出そうとしても足が動かない。フードの色が緑色だとわかった瞬間、男性が私の腕をつかんでいた。

「ひゃ……」

「大人しくしろ」

ちぎれるほどに強くつかまれた腕に、体中の血がスッと引くのを感じた。なにも言えない私を引きずるように男性は歩き出す。男性がリモコンのスイッチを押すと、公園の脇に駐車してある大きなワンボックスカーのロックが解除され、うしろのドアが自動で開く。車の中にはもうひとり、同じフードを被った男性が乗っていた。

逃げなくちゃいけないのに、声も出ない。絶望感が一気に押し寄せ、されるがままに車に近づいていく。

誰か助けて。蒼杜くん……！

いよいよ車のそばまで連れてこられたときだった。

「やめておけよ、馬鹿」

すぐそばでした声に「うわ！」と悲鳴をあげたのは、私の腕をつかんでいる男性のほうだった。

「てめえ！　今、なんて言った？　殴られてえのか!?」

「やめておけ、と言ったんだが聞こえなかったか？　それとも、馬鹿のほうが癇《かん》に障ったか？」

怒りに満ちた男性に淡々と答えるこの声を、私は知っている。

フードの男が私の手を離し、声の主に殴りかかろうと右腕をふりあげ、そのまま鈍い声をあげて地面に倒れた。失神したのかうつ伏せのまま動かない。

目の前に立っている学ラン姿の男性は、蒼杜くんだった。

「蒼杜！」

「いいからどいて」

抱きつこうとうする私をひょいと押しのけると、蒼杜くんは車内で唖然《あぜん》としているもうひとりの男に腕を伸ばした。次の瞬間、「う」と短い声がして男が車内に倒れるのが見えた。

「これでよし。ほら、行こう」

歩き出す蒼杜くんについていこうとするけれど、膝へ力が入らずその場に座りこみそうになる。

鼻でため息をついた蒼杜くんが長い腕を伸ばしてくる。私の脇に腕を回すと強引に立たせた。

こんなときなのに蒼杜くんの体温を感じる。

「ねえ、どうして……。楓もひとりで帰ったけれど大丈夫なの？」

「そういう話はあとで。由芽は小型写真機って持ってるんだろ？」

「小型……え、なに？」

思考が追いつかない。体を小さくして尋ねると、蒼杜くんは難しい顔で宙をにらんだ。

「写真だよ。一応、こいつらの写真を撮影しておいたほうがいい」

ああ、スマホのカメラのことだ。ポケットからスマホを取り出すと、おもしろいくらい震えていた。なんとかカメラのアプリを起動させ、倒れている男性たちとナンバープレートを撮影した。

「車で追ってこられないように公園のなかを通ろう。いざとなればまた倒せばいいし」

「待って！」

今度は私から蒼杜くんの腕にしがみついた。歩きにくいのだろう、顔をしかめながらも、蒼杜くんは私に気遣ってゆっくり公園のなかに進んでくれた。

公園の向こう側には交番があるからさっきの男性たちも近寄りはしないだろう。ようやくホッとしたのか、涙があふれてくる。

気づかれないようにさりげなく洟《はな》をすってごまかすけれど、きっと蒼杜くんにはバレている。

出口近くのベンチに座った蒼杜くんの隣に、少し距離を取って腰をおろした。

「なあ」と低い声が隣から聞こえた。

「気をつけろ、と何度も言っている。それなのになんで夜中に家を出た？」

「……ごめんなさい。まさか、こんなことになると思わなくて」

なにを言われても仕方ない。蒼杜くんは、今日だけで三回も私のことを助けてくれたことになる。

「ねえ、蒼杜くん」

「蒼杜でいい」

「え？」

「さっきはそう言ってただろ」

足を組むと蒼杜くんはそっぽを向いた。そういえば、とっさに呼び捨てで名前を呼んだ気がする。

「うん。あのね、蒼杜……。いったい私になにが起きているの？　やっぱり時間を戻してくれているんだよね？」

「…………」

「十月が終わるまで慎重に行動しろ、って言ってたよね？　それってどういうことなの？　お願いだからちゃんと聞かせてほしい」

車に轢《ひ》かれそうになったときに、そう言っていたはず。

しばらく黙ったあと、蒼杜はわざとらしくため息をついた。

「由芽に教える義務はない」

「その言葉、前にも言ってた。私を助けるのは義務だって。蒼杜、あなたは……誰なの？」

難しい顔で考えこむ蒼杜を見てわかった。

「私、ずっと昔から蒼杜の夢を見ていたの。神社の参道で、あなたが旅立っていく日の夢を」

蒼杜は苦しそうに目を閉じると、首を横にふり否定する。

「俺は――」

「行ってらっしゃい、って私は蒼杜に伝えるの。本当は泣きたいのに無理やり笑っていた。あの夢は私と蒼杜の前世での記憶なんだって思いこんでいた」

蒼杜はなにも答えてくれない。しん、とした沈黙が場を浸していく。

拒絶するように目を閉じていた蒼杜が静かにまぶたを開けて、ゆっくりうなずいた。

「由芽、君は大きな勘違いをしている。話をしてもいいが、信じられないと思う」

「信じるよ」

「まだなにも言ってない」

ムッとする蒼杜に力強くうなずいてみせた。

「私も友だちにわけのわかんないことばっかり言ってる。でも、楓が信じようとしてくれたの。だから、私も蒼杜のことを信じたい」

「破滅型だな。俺が悪い人だったらどうするんだ」

まったく、と肩をすくめた蒼杜の表情はさっきよりもやさしかった。

「ひとつ訂正しておく。今回は時間を操作していない。あのまま行けば由芽はひどいことをされて最後は殺されていた。さすがにトラウマになるだろうから、前もって助けた」

「……うん、ありがとう。今日の裏山と交差点では時間を巻き戻したの？」

「俺たちは〝時間旅行〟と呼んでいる」

その言葉は昼間にも聞いた。やっぱり蒼杜は時間を操ることができるんだ。

「俺は——」そう言ったあと、長い沈黙を経てから蒼杜は思い出すように目を閉じた。

「いや、俺の家系と言ったほうがいいな。時間を越えたり巻き戻したりできる能力を持っている。もう何代もずっと。ある神社に仕えていて、神主が予言した未来を訂正するために時間旅行をすることを家業としている」

「未来を……訂正？」

「本来、未来を訂正することは禁じられている。俺たちに許されているのは、その神社の家系の予言による未来の訂正だけ。君はその神社の家系の末裔《まつえい》にあたるんだよ。君の死を回避するために、俺はこの時代に時間旅行をしてきた」

淡々と語る横顔から目が離せない。

「私がその神社の家系の末裔？　え……それって本当のことなの？」

尋ねながら思い出した。そういえば昔、おばあちゃんからそれらしいことを聞いたような気もする。

「君の家系は未来に起こる厄災を予言し、たくさんの人を救ってきた。俺が由芽の未来を変えるのは、君自身のためだけじゃなく、この時代に生きるたくさんの命を救うためでもあるんだ」

それが蒼杜が言う〝義務〟なの？

想像をはるかに越える話に脳の処理が追いつかない。混乱する頭を必死で整理する私に、蒼杜はやさしく目を細めた。

「考えても無駄なことは考えないほうがいい。ただ、自分を信じる勇気を持ってほしい」

「それ……前にも言ってたよね」

かすれる声が自信のなさを表している。

なにも変わっていない。小学生の頃、ひとりぼっちでいた頃からなにも成長していないのに、変わることなんてできるのかな……。

「人間は、自分の評価を他人に委ねる生き物だ。人の目を気にして行動する。少しでも美しく小型写真機に写ろうとする。笑いたくないのに笑っている。この時代に来て、より実感したよ」

蒼杜の声が心に染みわたっていく。そう、私だって周りの目ばかり気にして生きている。

「だけど」と、蒼杜は声に力を入れた。

「自分がどんな人間かを知っているのは自分だけ。世界中が君を否定しても、自分だけは自分のことを信じてやれ。それは強さじゃなく、自分へのやさしさだと思うから」

自分のことが昔から嫌いだった。そんな私が自分を信じることなんてできない気がする。自信なんてどこを探しても見つからないよ。

でも……蒼杜を信じると決めたから。

「私にも……できるかな？」

「さあな。俺は君じゃないから」

急にそっけなくなる蒼杜。緊張の糸が切れたらしく思わず笑ってしまった。

そうだよね。こんな不思議な話があるのなら、私だって変わっていけるはず。

根拠のない自信が胸の奥に生まれるのを感じた。

「さっき、『勘違いをしている』って言ってたよね？　つまり、私が見ている夢は、私たちの前世の記憶ではないってこと？」

「由芽にも能力が受け継がれている。由芽が見ているのは君の祖先……大正時代に生きている人の記憶で、俺はその人に頼まれて時間旅行をしてきたんだよ」

そうだったんだ……。私の何代か前の祖先に頼まれて、蒼杜はこの時代にやってきた旅人なんだ。

氷が溶けるように少しずつ謎が解けていく。

「大正時代に生きていた祖先が私の死を予言した。予言を回避するために蒼杜は来てくれたんだね」

「やっと理解できたようだな」

「だから今日だけであんなに何度も……」

『気をつけろ』と言っていたのはそういうことなんだ。

何代も前の人が、私の命を心配してくれていた。くり返し同じ夢を見るのは、私へのメッセージだったのかもしれない。あんなリアルな空気や風を感じたのもそのせいなのだろう。

「また想像の世界に旅をしてるな」

あきれたように蒼杜が言い、ハッと我に返る。

「……ごめんなさい」

「ここまで説明したのは初めてのことだからついでに言っておく。十月末までに由芽は死に、家系が途絶える運命なんだ。運命を変えるのはかなり難しい」

「え、もう回避したんじゃないの？」

「甘いな」

するりと立ちあがる蒼杜の顔に、照明がスポットライトのように当たった。蒼杜は右手を私の目の前で開いてみせた。

「予言では、由芽にはぜんぶで五回の死が訪れる。それらを回避し、十一月へと導くのが俺の使命だ。この先も、死に襲われることになる。どうか十分に気をつけてほしい」

「でも、今日だけで三回の死を回避したってことになるよね？」

残り二回ならなんとかなるかも。ホッとする私に気づいたのだろう、蒼杜は頬をこわばらせた。

「予言は絶対じゃない。もっと多くの死が襲ってくることもある。それに、時間を巻き戻すたびにほかの人の運命も変わってしまうから、収拾がつかなくなるんだよ。なんにしても今月を乗り切れば俺の義務も終わる」

義務、か……。

「蒼杜は十一月になったら……もとの世界に戻るの？」

「当たり前だろ」

ああ……。このそっけない言葉を、何度も反芻《はんすう》することになるんだろうな。

傷ついた顔を見せないように、意識して大きく首を縦にふった。

「わかった。蒼杜がちゃんともとの世界に戻れるように、私もがんばるから」

「交渉成立だな」

満足そうに、蒼杜がスポットライトのなかでうなずいている。

高鳴る胸の鼓動を抑えて、私はうつむく。そうしないと、蒼杜への想いが涙になってあふれてきそう。

「なあ、由芽」

ふわりと蒼杜が私の名前を呼んだ。そういえば、最初に名前を呼び捨てにしたのは蒼杜のほうだったよね……。

「実はもうひとつやっかいなことがあってな」

歩き出す蒼杜に遅れまいとついていく。砂利の音が楽器のように響きはじめた。

「やっかいなことって？」

「裏山で、由芽以外にも何人かが崩落に巻きこまれただろ？　あれは予言にはなかったことで、本来なら由芽ひとりが亡くなるはずだった」

「え、でも……。そのままなら私だけが崖に行かなかったことにならない？」

私だけが遅れて到着し、みんなを必死で呼び寄せた。

「いや」と、蒼杜が首を横にふった。

「俺が呼び止めたせいで運命が変わったんだ。俺がいなければ、由芽はすぐに山の中腹へと向かっていた。逆にみんなは間一髪で立ち入り禁止区域から外れていたことになる」

そうだったんだ……。友だちみんなの目の前で事故に遭っていたら、トラウマを植えつけただろう。一度目の死を乗り越え、みんなを助けられてよかった。

「時間を戻したことで回避できたんだよね？」

前を行く蒼杜がうなずく。

「時間旅行をすることで、全員分の命を救うことができた。が、問題なのはもともとのほうなんだ」

そう言ったあと、蒼杜は宙をにらんだ。

「君の友だちふたりの命を犠牲にしてしまった。つまり、異例の出来事だったことになる。時間旅行をして運命は修正できたが、君に関わったばかりにふたりは今後も醜い夢に悩まされることになる」

「あ……楓が『崖から落ちる夢を見た』って言ってた」

「時間旅行の副作用だ。夢を見なくするには、詫《わ》びを入れなくてはならない」

「詫び？ 謝るってこと？」

公園の出口まで来ると、家まではもう少しで着く。アスファルトを歩けば、靴を通じて冷たさが伝わってくるようだった。

「詫び、というのは間違った運命に巻きこんでしまった人に報償を与えることだ。それにより悪夢も消えると言われている」

「それってボーナスみたいなもの？」

「横文字はわからない。報償というのは現世に影響のない範囲で、一度だけ時間旅行をすることができるということ。もちろん、本人が望めば、の話だが」

そこで足をピタリと止めた。

「待って。楓と佐々木さんの過去をやり直すってこと？」

「別に過去にこだわらなくてもいい。時間旅行は未来にだって行くことができる。由芽はふたりに報酬の希望があるか調べてほしい。所望しないのなら、そのほうが助かるが」

「調べるって……。蒼杜のことを話してもいいの？」

「信じないだろうから、そこは由芽がうまくやってくれ」

そう言うと、蒼杜は空を見あげた。夜に溶けそうな月を蒼杜は目を細めて見ている。

「同じ月なのに、やけに遠く感じる。きっと建造物のせいだろうな」

「そうなんだね……」

月からそっと蒼杜へ視線を移した。

十月末までは三週間しかない。その間に、蒼杜に協力をすることに反論はないけれど、終わったら彼も消えてしまう。

不思議な夢を見て以来、好きでたまらなかった人。だけど、今やっと気づいた。

あれは私の祖先の想いだったんだ……。

祖先である夢のなかの女性は、蒼杜のことが好きでたまらなかった。だけど時間旅行をする彼を見送ることしかできなかった。

湧きあがる想いを隠し、『行ってらっしゃい』と言ったんだね……。

彼女は今でも大正時代で彼の帰りを待っている。私にできるのは、祖先の予言を回避することだけ。それが私の命を助けてくれた蒼杜への恩返しになるはず。

「十月末まで危険がないようにがんばるよ。そして、蒼杜のお願いにもちゃんと協力するから」

そう言うと、彼は月の光に照らされてうれしそうに笑った。

まだ、胸は痛い。小学生のときからの想いは簡単には消えそうにない。それでも、初めて見る彼の笑顔がうれしくて、自然に笑みがこぼれた。

蒼杜は私を十一月へ送るための旅人。

私たちの〝終わり〟に向かう旅が今、はじまった。

【幕間】柱谷蒼杜

未来へ旅することに不満はなかった。

時間旅行ができる家系であることに誇りを持っているし、神人家も感謝してくれている。

が、今回の時間旅行はかなりやっかいだ。

それは、神人家の末裔にあたる由芽のせい。見た目も声も、性格までもが雪音《ゆきね》によく似ている。不安を隠し、『行ってらっしゃい』と笑顔で送り出してくれた雪音。

あの日のことを由芽は夢で何度も見ているらしい。

だとすると、由芽は壮大な勘違いをしている可能性がある。訂正することも考えたが、逆に隠している真実に気づかれる危険があり、言えない。

公園の出口で由芽は言った。

「十月末まで危険がないようにがんばるよ。そして、蒼杜のお願いにもちゃんと協力するから」

ほら、また無理をしている。

不安を抱えている人は他人にはやさしく、自分には厳しい。由芽もそうやって自分自身と戦ってきたのだろう。

自分の運命を受け入れる由芽がいじらしくて、少しうれしい。久しぶりに自分が笑っていることに気づいた。

「でも、どうやって楓や佐々木さんに時間旅行のことを話せばいいんだろう」

隣を歩きながら由芽は首をひねった。

「過去の悩みごととか、未来への不安とかを聞いてみればいい」

「楓っていつも明るくて、悩みとか不安なんてなさそうに思えるけど」

「浅はかだな」

思わず冷たい言葉を投げてしまったが、由芽は意味がわからないらしく、「あさ……？」と聞き返してきた。

「誰にでも悩みや不安はあるものだ。由芽が知らないのは、まだ彼女との距離が遠いってことだ」

「ああ……」

こんなふうに冷たい言葉で、いつも周りを傷つけてきた。時間を越えて、末裔にあたる由芽をも悲しい顔にさせている。

俺は……成長しないな。

「今のは言いすぎた。すまん」

「ううん、自分でも友だちとの距離は感じてるから。でもね、楓から『いつか相談したいことがある』って言われたの」

「そうか」

「もっと仲良くなって相談してもらえるようにがんばる。楓や佐々木さんを悪夢から救ってあげたいから」

やけに素直なことを言う。自分よりも他人を優先しようとするのは、やはり血を受け継いでいるからだろうか。

「それはいいが、自分の身も守れよ」

「わかってる。あと約二回だもんね」

そう言ったあと、由芽は「ねえ」と足を止めた。

「万が一、失敗しても時間旅行をしてやり直しをさせてくれるんだよね？」

不安そうな瞳に、俺はうなずく。

「やり直しはできるが、それでは運命を回避できたことにならない」

雪音は言っていた。『五回目の死を回避することは難しい』と。

俺にはその意味がよくわかっているし、雪音もそうだったのだろう。

予言する家系と、時間旅行をする家系のふたり。兄妹のように育った俺たちの間に恋愛感情は皆無だ。連帯感や絆《きずな》と言い換えればしっくりくる。

幼い頃から各々の役割を全うすることが誇りだったし、今回も同じはずだった。

この難しい使命を俺はやり遂げることができるのだろうか……。

「じゃあがんばって運命を回避してみせるよ」

胸のあたりで両手に拳《こぶし》を作る由芽。初めて見る格好だが、決意表明のようなものなのだろう。

これじゃあ俺のほうが弱虫みたいだ。

「くれぐれも気をつけるように」

「はい、師匠」

おどける由芽に、不覚にもまた笑ってしまった。

ほんの少しの間で、目の前の彼女は強くなったように思える。

雪音の末裔である由芽に、心が動くのを感じる。

でも、俺にはどうすることもできない。義務を果たしたあと、由芽に会うことは二度とないのだから。

やがて来る十月末、由芽が笑っていられるように。

そう、月に願った。

第二章「はじまりの世界に、君がいた」　玉森楓

最近、由芽と柱谷くんが怪しい。

これはあたしの直感だけじゃなく、クラスメイトの亜衣も同じことを言っていた。むしろ、今ではあたし以上に疑っている。

怪しむ理由はふたつある。まず、〝夢見がちな由芽〟だったのに、最近じゃ夢の話をしなくなったこと。夢で見た人が転校生の柱谷くんだ、と言って譲らなかったのに、前に聞いたら『勘違いだった』なんてごまかしていたし。

ふたつめの理由は、お互いを呼び捨てで呼ぶようになったことだ。柱谷くんなんて、誰とも仲良くならないというポリシーを崩し、由芽とは話をするようになった。世間話っていうよりも会議をしているように見えるけれど。

悔しいから由芽には言わないけれど、最近たまに『この子、こんなにかわいかったっけ？』と思うことすらある。なんらかの変化が由芽と柱谷くんに起きていることは、そばで見ていればわかる。

とにかくふたりが怪しいのだ。

今日も朝から廊下でふたりでなにか話をしているのがあたしの席から見えている。

横目でふたりの様子を見てからスマホに視線を落とす。学校にスマホの持ちこみはOKだけど、授業中に音が鳴れば没収となる。今のうちに機内モードにしておこうと、飛行機マークを探していると、ふいに昨日見た夢が頭をよぎった。

裏山の崖が崩壊し、あたしと由芽と佐々木さんが転落する悪夢だ。もうこれで同じ夢を三回も見たことになる。地面にたたきつけられた痛みがあまりにもリアルすぎて、十月半ばなのに汗だくで目が覚めた。

もうあんな悪夢はこりごりだ。

キュッと目を閉じると同時に、「おっす」と頭の上のほうで声がした。顔を見なくても誰の声かわかる。といっても、好きな人とかじゃない。むしろ苦手な相手。気持ちばかりの「おはよう」を返すと、不服そうなり声が聞こえた。

「なんだよ。ちゃんと顔見て挨拶しろよ。そっけなさすぎやねん。そんなんじゃ、社会に出たら苦労するで」

「朝からうるさいなー」

思いっきり苦い顔を声の主に見せつけてやった。

楠文哉《くすのきふみや》。昔から隣の家に住む幼なじみ。

幼なじみって聞こえはいいかもしれないけれど、あたしたちの間に、思い出すたびほっこりするような懐かしのエピソードは皆無だ。

思ったことをズバズバと口にする文哉には、昔からさんざん泣かされてきた。

『性格がまるでダメ』『髪形だけはマシ』『運動音痴』

デリカシーのない文哉が苦手で、中学生になってからは挨拶くらいしか交わさなくなった。まあ、向こうは相変わらず話しかけてきたけれど、あたしが無視することが多くなっていた。

それなのに、まさか同じ高校を選んでしまうなんて……！

「お、ようやく目が合ったわ」

ニヒヒと笑う文哉は昔から変わっていない。小学校二年生のときに大阪《おおさか》から引っ越してきた楠家は、家族そろってコミュニケーション能力の塊だ。まるで生まれたときから住んでいるような錯覚さえしてしまうほど、近所の人たちともすぐに打ち解けた。おじさんはスーパーの店長で、会うたびに私の名前を大声で呼んでくるし、おばさんは保険の営業をしていてあたしにまでパンフレットを勧めてくる。

そんなふたりに育てられた文哉は、誰とでもすぐに友だちになれるDNAを受け継いでいる。

「別に無視してたわけじゃないし。てか、その〝なんちゃって関西弁〟やめてよね。小二までしか大阪に住んでなかったくせに」

「関西人をなめんなよ。何年経っても関西の血は絶えることがなく、これからも脈々と俺のなかで――」

「はいはい。で、なんか用？」

話をぶった切る私に、文哉は「別に」と意に介さない顔をしている。

「朝の挨拶をしたかっただけや」

隣の席に座ると上半身を折り、机に片方の頬をつけてこっちを見てくる。

いつの間にか身長も追い越され、もう追いつけないほど差がついてしまった。短めの髪に小麦色の肌。細い目は黒目が大きめ。無邪気という言葉が昔も今もぴたりと当てはまる。

「朝、おばさんに会ったよ。今夜は残業確定だって、朝からうんざりした顔してたで」

「へぇ」

文哉とお母さんは気が合うらしく、あたしの知らない情報をお互いに持っている。あたしがふたりとあまり話をしないせいだってわかっていても、少し複雑な気分だ。

「なあ、楓ってすげえな」

珍しい褒め言葉に、思わず笑みを返してしまった。

すぐに表情筋に力を入れ、

「なにが？」

と、興味なさげに唇を曲げた。

文哉は大きなあくびをしたあと、いたずらっぽい視線を送ってきた。

「家ではあんなに暗いのに、学校では明るいキャラを演じてるやろ」

「ちょ……」

「楓って人間がふたりいるのか、ってくらい見事に演じわけてるもんなあ。本当はネガティブの塊ってことは、神人さんですら知らへんのやろ？」

「………」

言葉に詰まっていると、文哉は「まあ」と机にあごをのせた。

「本当の楓を見せられたなら、もっと仲良くなれるんだろうけどなぁ」

ああ、話をするんじゃなかった。なんで朝からイヤな気持ちにさせられなくちゃいけないの。ただでさえ悪夢のせいでテンションが低空飛行しているというのに。

「マジでむかつくんだけど」

そう言うと、文哉はクスクスと笑うからもっとむかつく。

「その湿っぽい目が学校で見られるなんて珍しいこともあるもんやな」

「あたしはうれしくないし大迷惑。由芽に余計なこと言わないでよね」

声のトーンを意識してあげた。にこやかな笑みを添えるのも忘れずに。

「わかっとるって。おやすみ」

言いたいことだけ言って、文哉は机に顔を突っ伏してしまう。

だから文哉と話をしたくないんだよ。一年生になってからは運悪く同じクラスになってしまったし、二学期からは隣の席という悲劇。

……なんにも知らないくせに。

あたしの表層的な部分しか知らない文哉には絶対にわからないこと。それなのに、むかついたり傷ついたりするのは、文哉の言うことも少しは当たっている自覚があるからだ。

学校という社会で嫌われないようにするには、目立ちすぎてもいけないし目立たなすぎてもダメ。それなら〝元気な楓〟を演じるしかないじゃない。

「おはよう」

由芽がやっと教室に入ってきた。うれしそうに顔を上気させ、恋を謳歌《おうか》しているのが伝わってくる。

一方の柱谷くんも、クラスメイトとそっけなくも挨拶を交わしている。

うしろの席の由芽に体ごとふり向くと、いつものようにぽわんとした表情で宙を眺めている。また空想の世界に旅立ってしまった様子。

うらやましいな……。由芽はいつだって〝夢見る由芽〟のまま。あたしだって空想の世界に逃げたいことはたくさんある。でも、そのときは逃げられたとしても、結局は問題をあと回しにしてしまうだけでなにも解決しない。

現実主義のあたしと、夢見がちな由芽。正反対のあたしたちだけど、この一年半は仲良くやってきた、と思う。

もっと仲良くなりたいけれど、距離が縮まったのは、先週公園で話した夜がピークだった。

それからは学校で話をする程度に戻ってしまった。文化祭の準備もあたしたちのグループの担当はとっくに終わっちゃったし。

にしても、柱谷くんが転校してきてからの由芽はますますぼんやりしがちだ。

「また〝夢見る由芽〟になってるし」

ボソッと言うと、由芽はハッとした顔になった。

「あ、ごめん」

「慣れてるからいいよ。それより、例の夢は本当に見なくなったの？」

最近はノートのイラストも更新していないみたいだし、連日のように見るという夢の話もしなくなった。そのひとつひとつがあたしとの距離を感じさせる。

「えっと、あれはもう見なくなった……かな。楓は最近どうなの？　なにか変わったことあった？」

「変わったこと？」

悪夢を見たことは話したけれど、何度も見ていると言ったら由芽は心配するだろうし、そういう話はあたしのキャラじゃない。

「平凡な毎日が昔から続いているだけ。文化祭の準備も終わったし、今はほかのグループの雑用を手伝うだけだもん」

そう言ってから「そういえば」とさりげなく続けた。

「柱谷くんとなんの話をしてたの？」

「悪い夢のことで――」

たしかに由芽はそう言った。が、次の瞬間、両手のひらをこちらに向けて必死に左右にふった。

「あ、違う。そうじゃなくて、別に普通の会話だよ。文化祭の準備のことでね」

ものすごく焦っている由芽。今のは最近見た夢の話かもしれない。一瞬ドキッとしたけれど、平然な顔で「ふうん」とうなずいた。

「最近仲がよさそうじゃん」

「そ、そんなことないよ。蒼杜にとっては義務だし」

「義務？」

「……なんでもないの。ごめん」

チラチラと柱谷くんのほうを見ながら言い訳をしたあと、由芽は恥じるようにうつむいた。いつものように沈黙がふたりの間に訪れる。

共通の話題が乏しいのはお互いに自覚していること。間を埋めるように、手鏡を覗《のぞ》き、前髪の形を整えることにした。

柱谷くんという新しい登場人物に、友だちを奪われたような気分だ。あたしの知らない由芽がどんどん増えていくようで胸のあたりがモヤモヤする。

奇妙な沈黙は「なあ」と言う文哉によって埋められた。いつの間に体を起こしたのか、文哉は由芽のほうに顔を向けていた。

余計なことを言わないでよ、とにらむあたしを無視して文哉は続けた。

「神人さんはこいつの家って遊びに行ったことあるんか？」

「家の前までは行ったことがあるけど、なかに入ったことはないよ」

「おばさんに会ったことある？」

「あるある。楓にそっくりだよね」

男子とあまりしゃべらない由芽でさえ、文哉には警戒心を抱かない。これが文哉の持つスキルなのだろう。

あたしが必死に〝元気な楓〟を演じている一方で、やすやすと人との距離を詰める文哉がうらやましくて、少しねたましい。

暗い思考を打ち切って、「もう」とすねた顔をしてみせた。

「こいつ、って誰のことよ。由芽はあんたとしゃべっているんじゃないの。ほら、あっち行きなよ」

シッシッと手のひらで追い払うしぐさをするあたしに、由芽はおかしそうに笑った。

「んだよ。ここは俺の席なのに。ま、いいや。瞬介《しゅんすけ》～」

ちょうど教室に入ってきた佐鳴《さなる》瞬介を発見した文哉が、軽々と席を立ったのでホッとした。

文哉も瞬介もクラスでは目立つタイプ。あたしも一応、おしゃべりな部類に入ってはいるけれど、それは無理してやっていることであって……。

「マジ、あいつうざいんだけど」

苦々しくも冗談めかして言う。

ひとつひとつの言葉やふるまいに気をつけるようになったのはいつからだろう。最初はぎこちなかった明るさも、気づけば自然に出せるようになった。

「ふたりはお隣さんだから仲がいいよね」

「はあ？」

イヤな顔を作る私に、由芽は不思議そうに首をかしげた。

「だって仲がいいでしょ？」

「仲良くなんかないって。てか、あたしの話聞いてた？　うざい、って言ったつもりだけど」

「ごめんごめん。私は昔からの友だちってあまりこの学校にいないから、ちょっとうらやましくって」

「冗談でしょ。こっちはマジで迷惑してんだから。あいつ、うちの親と仲がいいから、たまに家に帰ったらリビングにいたりするんだよ。で、勝手に料理したりもするしさ。こういうのって法律的に罰せられたりしないのかなぁ」

ブッと噴き出した由芽だったけれど、次の瞬間には花がしおれたようにうつむいてしまった。

「いいなあ。そういうのすごくうらやましい」

「……柱谷くんとうまくいってないの？」

「うまくいくもなにも、彼にとっては義務だから」

またその単語を口にした。

しばらく机の一点を見つめたあと、由芽は悲しみを含んだ笑みを浮かべた。

「私はただ……助けてもらっているだけだから。それに、そもそも恋じゃなかったのかもしれなくて。私が勘違いしていただけなのかも、って……」

恋は、こんな表情をさせるものなの？

経験のないあたしにはわからないけれど、なんだか由芽がかわいそうに思えた。

「由芽は柱谷くんのことが好きなんでしょう？」

「好き」

はっきりとそう言ったあと、由芽はあきらめたように目を閉じた。

「確信は持てないけど、きっとそうだと信じてる。でも今は、なんとか十月三十一日まではがんばらないといけないの」

「文化祭のこと？　それって土日でしょ？」

「ああ、うん。そうじゃなくってね……」

ため息を机の上に広げると、由芽は口を閉じた。

由芽は変わった。夢見がちなのは変わらなくても、自分の気持ちをきちんと言葉にできるようになった。あたしも由芽みたいに変わってみたいな……。

「ねえ」と、由芽が顔をあげた。

「もしも……楓さえよければだけどね。私も家に遊びに行ってみたいな。ふたりっきりでいろいろ話をしてみたい」

これには驚いた。まさかこんな提案をしてくるなんて。変わりゆく由芽がまぶしくて、その顔をうまく見られずにうつむいた。

チャイムが鳴りだしたのをきっかけに、あたしは軽くうなずいた。

「いいけど、うち、なんにもないよ。意外にあたしミニマリストだから」

「そうなんだ。昔のアルバムとかはないの？　楓が赤ちゃんの頃の写真見てみたいな」

何気ない由芽の言葉に、思わず息を呑《の》んだ。ごまかそうとする間もなく、由芽が戸惑いの表情に変わる。

「え、どうかした？」

ここは正直に言ったほうがいいだろう。

「実はさ」と、なんでもないような口調を意識する。

「由芽には言ってなかったんだけどさ、あたしの家、遠い昔、火事になったんだよね」

「え、それって……」

「ほら、あたしたちが小さい頃に大きな地震があったでしょう。たまたま天ぷらを作っていたときに地震が起きて、あっという間に火が広がったらしくて。一階部分の半分が焼けて、アルバムも一緒に燃えちゃったんだって」

お母さんもお父さんも、うちにアルバムがない理由をそう説明した。携帯電話でも写真を撮っていたそうだけど、当時はクラウドとかもなく残っている写真はあまりない、と。

みるみるうちに由芽はシュンと体を小さくしてしまった。

「つらいこと話させちゃってごめんね」

うつむく由芽を元気づけたくて、あたしは「全然だよ」と笑う。

「そもそも覚えてないし、幼稚園の頃からの写真はちゃんとあるからさ。ま、由芽をご招待できるよう部屋の掃除をがんばることにするよ」

にっこり笑えた自分のことを褒めてあげたくなった。

中古で購入したという二階建ての家は、最近はさらに古ぼけて見える。

玄関のカギを開け、二階にある自分の部屋に入ると、なんとも言えない解放感に包まれる。身につけていた重い鎧《よろい》を外したような気分で、呼吸もしやすくなる。

狭い部屋だけど、あたしにとっては心からリラックスできる場所だ。まあ、すぐ隣に弟の部屋があるのはイヤだけど。

中一の泰利《やすとし》は昔に輪をかけて生意気になった。足音もうるさいし、夜遅くまでパソコンで動画を見ているし。ヘッドフォンをつけていても、たまに聞こえる笑い声だけでイライラする。

「親もあんなんだし……」

ベッドにごろんと横になる。いつも家に帰ってくるのはあたしがいちばんだ。続いて弟、お母さん、お父さんという順。

疲れた顔でお母さんがご飯を作り、お父さんを抜いた三人でテーブルを囲む。お父さんが帰ってくる時間にはあたしは部屋に戻っている。お父さんと最後にちゃんと話をしたのがいつだったかも思い出せないくらい。

幼い頃から共稼ぎだったせいで、ひとりでいるのは慣れている。泰利はアニメばかり見ているあたしを早々にあきらめ、友だちと遊んでくることが多くなった。

アニメは社会勉強になる。主人公はクセがあるけれど、いつだって世界を救うヒーローだから。主人公を助けてくれるのは周りの仲間たち。みんなで協力したり、ときにはいがみあったり、それぞれの過去エピを絡ませつつも最終話までピンチの波を乗り越えていく。昔のアニメはハッピーエンドが基本だから、それもあたしの好みに合っている。

小学生の頃のあたしは、今よりもずっと大人しい性格だった。ひとりでアニメを見たり本を読んだりばかりで、友だちと遊ぶのは苦手だった。親友と呼べる人なんてできないまま、中学生になり半年過ぎた頃に〝あの事件〟が起きた。

それ以来、よりネガティブになり誰のことも信用できなくなった。でも、このままじゃ誰からも嫌われてしまう。そこで、外にいるとき用の自分を作ることにしたのだ。誰からも好かれるもうひとりのあたしを演じることで、クラスの一軍とまでは言わないけれど、目立たないグループには属さなくなった。

学校でのキャラを定めてからはうまくいっていると思う。小学生のときに一部の男子につけられた〝オタク〟のあだ名も消滅したし、女子から陰口をたたかれることもなくなった。

最初は無理して演じていたけれど、今では家から一歩外に出ると、自然にもうひとりのあたしへと変身できる。

部屋にあるテレビとDVDデッキは、もう何年も使用している。再生ボタンを押すと、何百回と見たアニメの続きが流れだす。異世界に転生した主人公が隠された能力に目覚めることで、悪に支配された世界を救う物語だ。

薄暗い部屋で照明もつけずにぼんやりと眺める。

主人公は大変だな、と見るたびに思う。三十分ごとに起きるトラブルや試練にいつも果敢《かかん》に立ち向かっている。

あたしはわき役でいいから平穏な毎日を送りたい。誰からも嫌われず、誰のことも本当に好きになんかならない。感情が揺さぶられるのはもうたくさんだから……。

玄関のドアの開く音がした。泰利が帰ってきたのだろう。大きな足音に耳を塞ぎたくなる。

あの事件が起きてから、家族ともまともに話をしなくなった。親はなにかにつけて『反抗期だ』と文句を言うが、あたし自身もそうであったならどんなにいいか、と思っている。

だけど……。

リモコンの一時停止ボタンを押し、小学生のときから使っている木製の勉強机に向かう。右側にある三段の引き出しのいちばん下を開け、奥深くにしまった封筒を二通取り出す。

鉛《なまり》のように重い気持ちをふり払うように一通目を眺めた。

【玉森風太《ふうた》様　梢《こずえ》様】

ここの住所が記された横に、お父さんとお母さんの名前が連名で書かれている。

中学一年生の秋、家に届いた封筒が家族の関係を変えてしまった。

ううん、この封筒の存在に気づいているのはあたしだけだから、家族は急にあたしが変わったと思っているのだろう。

当時のあたしは塾に行くのがイヤで、通信教材を使って勉強をしていた。だから、この封筒もてっきりそこからのものだと勘違いしてしまったのだ。

久しぶりに封筒の中身を取り出してみる。

玉森風太様　梢様

錦秋の候、お元気でいらっしゃいますか？

結婚式を担当させていただいた井上《いのうえ》です。

この度は結婚十周年おめでとうございます。

今でも華やかでにぎやかな式を思い出します。

当式場では結婚十周年を迎える皆様に

「十周年記念ディナー」をご案内しております。
お子様も大きくなられたことと思います。
ご家族一同で式の写真や動画を鑑賞しながら
思い出深い記念日を過ごしてみませんか？
同封の案内状を是非ご覧ください。
お会いできることを心より楽しみにしております。

結婚式場WILL《ウィル》　BE《ビー》
プランナー：井上　久士《ひさし》

この手紙を読んだ時、最初は『しまった』という焦りしかなかった。勝手に開けてしまったことをすぐにお母さんに謝らないと。

けれど、封筒を手にして部屋を出たところで勝手に足が止まった。まるで接着剤で足と床が引っついたみたいな感覚を、今もはっきりと覚えている。

違和感に頭が真っ白になり、気づいたら部屋に戻っていた。

お父さんとお母さんが十年前に結婚をしたなら、私は……？

何度見ても『十周年』と書いてあるし、同封のチラシにはふたりが結婚式をした日付まで記してある。

チラシの裏に自分の年齢を書いて計算をしてみると、悪い予感が現実に色を変えた。お父さんとお母さんが結婚をしたのが十年前なら、あたしが三歳のときということになる。泰利にいたっては生まれてもいない。

ガラガラとなにかが崩れる音を、あの日たしかに聞いた。あまりの衝撃に、自分の体と心までバラバラになってしまった気分だった。

震えているのは指先だけじゃなく、これまでの思い出たち。

二通目の封筒は、翌週に家のポストに届いていた。アクセサリーショップからの手紙で、こちらは開けずとも裏面に『スイート10ダイアモンドなら当店へ』の文字が書いてあった。

ふたりが結婚して十年というのは、もはや疑いようのないこと。

――あたしは、本当の家族じゃないかもしれない。

昔から、あたしはお母さんにそっくりだと言われ続けていた。逆にお父さんに似ている部分はひとつもない。由芽は『鼻の形がそっくり』なんて言っていたけれど、全然違うと思っている。

反面、泰利はふたりのパーツをそれぞれ受け継いでいるように見える。

お母さんは昔、違う人と結婚をして私を産んだ。その後離婚を経て子連れで再婚した。今のお父さんとの間に生まれたのが泰利で……。

一度浮かんだ想像は、あの日以来ずっとあたしを苦しめている。それは、家族との会話を躊躇させるほどに。

そう考えると、家に私が生まれた頃のアルバムがないのも納得できる。火事で焼失したというのも嘘かもしれない。

急に部屋のドアが開き、慌てて封筒を手のなかでぐしゃっと丸めた。制服姿の泰利が入り口に突っ立っているのを見て、一瞬で頭に血が上った。けれど家でのあたしは言葉がうまく発せない。

「ノックを……」

「なんだ、またそれ見てたんだ」

泰利は気にする様子もなく、一時停止したままの画面を見てあきれた顔をへばりつかせている。

「……なによ」

まだお母さんが帰ってくるには時間があるのに。

ずっと短かった髪を中学生になり伸ばしはじめた泰利は、最近言葉遣いも大人びてきた。

「ノックしたけど返事なかったからさ。ていうか、そのアニメって何年前のやつだよ。そういえば今話題になってるやつ録画してる？　クラスで話題になってて――」

「用件は？」

こんなふうに単語で話すことが多くなった。それもぜんぶ、あの封筒が届いた日からだ。

「文にいが呼んでる」

「文哉が？」

「夕飯作ってくれたんだよ」

時計を見ると部屋に入ってからもう一時間も過ぎている。いつの間にぼんやりしていたんだろう……。

封筒をもとあった場所にしまっている間に泰利は一階へおりたらしい。ドスドスと大きな足音が遠ざかっていく。

一階へおり、リビングに顔を出すと、たしかにキッチンに文哉が立っていた。制服の上にお母さん愛用の緑色のエプロンをつけている。

「おお、やっと起きたか。俺特製のチャーハンができたところ」

テーブルでは泰利が大盛のチャーハンをほおばっている。

「今回はかなりの自信作。ほら、さっさと座っ――」

「いらない」

かぶせるよう吐き捨てるあたしに、文哉は眉根を寄せた。

「せっかく作ったのに。あ、俺特製ホットケーキなら食えるんちゃう？　材料あるからちゃちゃっと作れるで」

「……よ」

こみあげる感情が言葉になる。

「なんで家にいるのよ」

短い言葉で責めても、文哉は意にも介さない。

「パンケーキもあかんのか。ま、ラップしとくから食いたくなったらお好きにどうぞ」

肩をすくめて洗い物をはじめてしまった。

水の音に重なり、泰利もあたしの文句を拒絶するようにテレビをつけた。

『全国的に明日は寒くなるでしょう』

アナウンサーの声に背を向け、リビングを出た。部屋に戻ってもデリカシーのない文哉はあとで顔を出しに来るだろう。

玄関で靴を履き外に出ると、すっかり夜が町におりてきていた。

感情を抑えることができず、あてもなく歩き出す。

なによ。いったいなんなの……。

冷たい風をかきわけるようにそばにある公園へ足を踏み入れた。足元の砂利の音さえうるさい。うるさいうるさいうるさい。

先日、由芽と話をしたベンチにひとり腰をおろした。遠くに見える校舎は、まるで黒い影を従えた怪物のように鎮座している。その上に、いびつな形の月が光っていた。

「なんでよ……」

わかっている。あの封筒を見つけた日に、お母さんに聞いてみるべきだったと。誰に相談してもたぶん同じことを言っただろう。

でももし、あたしの予想が当たっていたら？　あたしだけが本当の家族じゃないとしたら？

想像するだけで怖くてたまらない。

自分を守るために、家族と話をしなくなった。自分を守るために、学校では明るいキャラを演じてきた。

それなのに、どうしてみんな土足であたしの感情に入りこんでくるのだろう。

さっきよりも冷たい風があたしを攻撃するように吹きつけてくる。

文哉に悪気がないことはわかっている。今朝、お母さんが残業だと耳にしたから夕飯を作りに来てくれたのだろう。『将来の夢は調理師だ』と常々文哉は公言しているし、夕飯を作ってくれることはこれまでにもあった。そのたびに自分のテリトリーに侵入されたようなイヤな気分になる。

テリトリーといっても、防御力も攻撃力もないバラバラのチームが存在しているだけなんだけど……。

こんなモヤモヤした感情になるくらいなら、あの封筒を開けなければよかった。真実を知らなければ、今もみんなと笑って話ができていたはずなのに……。ベンチを照らす灯りにさえもイライラする。

——ザザッ。

砂利を踏み鳴らす音が聞こえた瞬間、ハッと思い出した。怪しい人が最近、公園の周りに出没していると聞いたばかりだ。由芽も先週、すんでのところで免れたらしい。

違う方向に進むことを願っても、どんどん足音は近づいてくる。

ひとりじゃない、ふたり分の足音だ。風が周囲の木々をざわめかせ、それが余計に恐怖をあおる。

逃げなくちゃ、と足に力を入れるのと同時に「ああ」という声が聞こえた。

「やっぱり楓だ」

聞き覚えのある声にハッと顔をあげる。

ベンチの照明に照らされ、うれしそうに歩みを早めているのが由芽だとわかった。遅れて歩いてくるのは柱谷くんだった。

驚きよりも安堵《あんど》の気持ちが大きくて、体の力が一気に抜けた。

「なんだ、由芽か……」

「人違いじゃなくてよかった。ちょうど公園に入っていく人が楓に似てたから追いかけ……え？」

途中で目を丸くした由芽が、あたしに視点を合わせたまま隣に腰をおろした。

「楓、どうしたの？」

いつの間にか涙が頬に流れていることに、ようやく気づいた。

「ちが……」

気弱な声に気づき、

「違うよ。寒くて涙が出ちゃっただけ。あたしが泣くわけないでしょ」

強気な口調で言い返すと、由芽は納得したように目を細めた。

「びっくりした。はい、これ」

スマートにポケットからティッシュを渡してくれた。

「ありがと。で、ふたりはこんな時間までなにしてたの？」

ティッシュで目頭を押さえながら何気なさを意識して尋ねてみる。

「文化祭の準備を手伝ってたの。蒼杜がサボってばかりだから、仕方なくだけどね」

「俺は不精《ぶしょう》をしていたわけじゃない。ほかに有事があったせいだ」

憮然《ぶぜん》として答える柱谷くんは、まだ前の高校の学ランを着ている。

ふたりの仲は日に日に進展しているらしい。茶化すのもはばかられて……ううん、それよりもさみしさが胸に宿る。

由芽とは学校だけの友だちなんだし、そう決めたのはあたしのはずなのに、どうしてこんな感情が生まれてしまうのだろう。

「でも、ここの公園は危ないよ」

あたりを見回す由芽に、ニカッと笑ってみせた。

「大丈夫だって。警察も巡回《じゅんかい》してるらしいし」

が、すぐに笑みは消えてしまう。

由芽が、あたしの表情を読むように上目遣いになった。

「なにかあったの？」

「え？」

「だってこんなところで……」

夜の公園でひとりで座っているのだから、心配させるのも無理はないと思った。

「恥ずかしいんだけど、ちょっとケンカしちゃってさ。でももう大丈夫、そろそろ帰るから」

「無理をしているな」

柱谷くんの言葉は最初、自分に向けられているとは思わなかった。笑みを意識したまま視線を向けると、柱谷くんがまっすぐにあたしを見つめていた。

これまでほとんど話をしたことがなかったので、どう返していいのかわからない。

「……無理なんかしてないよ」

不思議な目だった。なにもかも見透かされている気分になり、思わず視線を逸らしてしまう。

誰にもあたしの気持ちはわからない。わかってもらえなくていい。

「ねえ、楓」と、由芽が言った。いつもより言葉のトーンが低く、まるで別の人が話をしているよう。

「今からおかしなことを言うけれど――」

「おい」

柱谷くんが砂利を鳴らして近づくのを、由芽は首を横にふって止めた。

……なんだろう。さっきまでとは違う空気に、うまく笑みが作れない。

しばらく迷ったようにうつむいた由芽がやがて口を開いた。

「ひょっとしてなんだけど、前に言ってた悪夢ってまだ見続けてるんじゃない？」

驚いた。あれ以来、夢のことは話してないのにどうして知っているの？

「え、なんで……そんなこと思うわけ？」

「うん。なんとなく……」

教室にいるときに訪れる沈黙は、夜の公園でも訪れる。

「夢なんて見てないよ。やめてよね、それは由芽の専門分野でしょ」

素直に言えばいいのに、心のなかを覗かれた気になり否定してしまった。

由芽はしばらく迷ったように目線を落としたあと、ゆっくりとうなずいた。

「じゃあ、もうひとつ質問させて。もしも時間旅行ができるなら、どの時代に行ってみたい？」

「……なにを言ってるの？」

「おかしな話だってわかってるよ。その時代を少し覗く程度しかできないみたいだけど、一度だけでいいから考えてみてほしい」

背筋を伸ばす由芽があまりにも真剣すぎて、あたしは息をすることもできなかった。

時間旅行？　時代？

沈黙を最初に破ったのは、腕を組む柱谷くんだった。

「ほら見ろ。一気に手の内を見せすぎだ。理解しがたい顔をしている」

「だけど、いつかは話さなくちゃいけないでしょう」

言い返す由芽に、柱谷くんは「たしかに」とうなずいてから人差し指を立てた。

「したくないなら拒否してもいい。むしろそちらを歓迎する」

なんの話をしているのかまったくわからない。ふたりとも映画の話でもしているのだろうか。仲間外れにされているような気分はいつものこと。自分から出てきたくせに、もう家に帰りたくなった。

ベンチからひょいと立ちあがる。

「まったく、なに言ってるんだか」

「違うの。本当の話なの」

「だから言ったろ。由芽は説明が下手なんだよ」

柱谷くんがこんなに話をしているところは初めて見た。

もう、あたしは由芽のいちばんの仲良しじゃないんだな……。言われなくてもスッと納得できた。

公園の入り口にまた誰かの姿が見えた。エプロン姿のまま、おそるおそる足を踏み入れているのは文哉だ。

「実はあたしがケンカしてたのって、文哉となんだ。謝りに来たみたいだから、行ってあげることにするね。バイバイ」

そう言うと、文哉に向かって駆け出した。うしろで由芽がなにか言っていたけれど、ふり切るように入り口へ向かう。

「おお、いたいた」

あたしに気づきホッとした表情を浮かべる文哉を追い抜いて、家への道を進む。

「え、無視？」

「お腹空いた。チャーハン食べる」

歩きながらそう言うと、文哉は「は」とひと文字だけで笑ってから、公園のあたりをふり返った。

「今、一緒にいたのって誰？」

「由芽と柱谷くん。ふたりで帰るところだったんだって」

説明がいちいちイヤミっぽいな、と自分でもわかった。

「あのふたり、仲良しやもんなあ。まるで俺たちみたいやと思わへん？」

「文哉と一緒にしないでよ。でもまあ……歴史的にはあたしたちのほうが長いよね」

「そうやで。なんたって小学生からやもんな」

「てか、怖がりのくせによく公園に入れたね」

「ほんまはめっちゃ怖かってん」

震えあがるしぐさをしたあと、文哉が細い目をカーブさせた。

「やっぱり楓と話をしてると楽しいわ」

あれ、今のあたしはどっちの顔をしているのだろう？　気が抜けてしまい、学校での自分を演じることも忘れてしまっていた。

「あたしは楽しくないし」

言われることを予想していたのだろう、文哉はおかしそうに笑ったあと、エプロンを脱いで渡してきた。

「あとはよろしく。スープはあっためてから飲むんやで」

軽く片手をあげ、自分の家へ戻っていく。

ありがとう、と言うのもおかしな気がしてあたしも家に戻った。

由芽が提案してきた〝時間旅行〟については、意識して頭から追い出すことにした。


それは、日曜日の昼のことだった。

お母さんと泰利と昼食を食べていると、テーブルに置かれた携帯電話が震えだした。

お母さんのスマホだ。

「知らない番号だけどどうしよう」

お母さんはこういうときすぐにあたしに意見を求めてくる。お父さんがいればそっちに尋ねるけれど、今日は休日出勤らしく朝から姿を見ていない。

「さあ」

そっけない返事がくるとわかっているくせに、なんで毎回あたしに聞くのだろう。

「ほっとけば？　必要ならまたかかってくるだろうし」

泰利がシューマイをほおばりながら言った。それでも震えが止まらないスマホをお母さんはじっと見つめている。こういうときのお母さんはしつこい。出なければ出なかったで、ずっと引きずるタイプだ。

「気になるなら出ればいいんじゃない？」

ＧＯサインを出したとたん、お母さんはスマホを耳に当てていた。

「はい、玉森です」

誰からかわからない電話に苗字を名乗るのはやめたほうがいいのに。こんなふうに無防備なところがあるから、再婚したことも子供にバレてしまうんだよ。

「ええ、はい。……え⁉」

ガタンとテーブルの上の食器が揺れた。お母さんは立ちあがったまま、スマホを両手で押さえている。見たことのないお母さんの表情に、あたしも動きを止めていた。

「はい。それで……。ええ、わかりました」

泰利と目が合うと、首をかしげている。

「すぐに向かいます。失礼いたします」

通話は切れただろうに、そのままの姿勢でお母さんは固まっている。

「なにかあったの？」

声をかけると、お母さんは「ああ」と止めていた息を一気に吐き出した。スマホが手から離れ、テーブルで跳ねた。

「お父さんが……仕事の機械でケガをして病院へ搬送されたって」

「……ケガ？」

「命に別状はないそうなんだけど、輸血が必要になるかもしれないって……」

予想外の展開にぽかんと口を開ける私とは対照的に、泰利が普段から想像のつかないスピードで席を立った。

「車出して。ほら、行かなきゃ」

「あ、そうね。悪いけど、楓はここで待っててくれる？」

ふたりが準備しだすのを箸を持ったまま見る。

「え……あたしも行くよ」

「楓はここにいて。会社からまた電話来るかもしれないし」

その言葉に中腰の体勢から椅子に戻った。

「……うん」

それからふたりは、あたしには声をかけることなく慌ただしく家を飛び出していった。すぐに駐車場から車のエンジン音が聞こえ、遠ざかる。

箸を置く。

お茶を飲む。

時計を見る。

なにをしていても時間は経ってくれない。気づけば視界がゆがんでいて、流したくもない涙が頬を伝いはじめた。

どれくらいそうしていたのだろう。玄関のドアが開く音に続き、「楓？」という文哉の声がした。

文哉はリビングに入ってくると、あたしを見てギョッとした顔をした。持っていた段ボール箱を床に置くと、あたしに近づいてくる。

とっさに顔を背けても泣いていることはバレている。

「なにかあったのか？」

隣の席に着き、体ごとこちらを向いて文哉は尋ねた。

「なんでも、ない」

「嘘つけ。おばさんたち慌てて出ていったし、なにがあったのか話せよ」

なにも答えないあたしから視線を外し、文哉はテーブルを見渡した。

「食べている途中で出かけるなんて、ひょっとしておじさんが病気になったとか？」

いつもなら拒絶して部屋にこもるだけ。でも、もう心が限界だった。

ずっと誰にも言えなかった。胸の奥にしまった悲しみは、なにかにつけて顔を出し、今ではその全貌《ぜんぼう》を現そうとしている。

「あたしひとりじゃ……耐えられなくて」

言葉と同じ量の涙があとからあとからこぼれてくる。

「よし。ちょっと待ってて」

すぐさま席を立った文哉が、バスタオルを手に戻ってきた。

「泣いてもいいからぜんぶ思ったこと話して。俺がちゃんと聞くから」

バサッと頭からバスタオルをかけられた。

「……うん」

柔軟剤の香りに包まれながら、あたしは「あのね」と口を開いた。

中一のときに届いた二通の封書のこと。そこで、親が再婚だと知ったこと。自分だけが前のお父さんの子どもかもしれないということ。

文哉がどんなふうに聞いているのかわからない。タオルの向こうで時折うなずいてくれる気配がするだけ。

「病院で輸血が必要になるかも、って。泰利だけを連れていったのは……あたしが行ったら血液型が違うことがバレてしまうから。お父さん、あたしと同じA型って聞いてたけど……きっと違うんだよ」

涙をすすってこらえても、あとからあとから言葉が生まれてくる。

「職場から電話があるかもしれない、っていうのも嘘。だって、お母さんのスマホにかかってきたし。そもそも、家電もないし」

すべてのことが、あたしが家族じゃないことを示している。

「きっとお父さんはあたしの本当の父親じゃないんだよ。前からわかっていたのに、現実になると悲しくてたまんないよ」

「いいよ、今はたくさん泣いて構わない。落ち着いたらちゃんと話をしよう」

タオルの向こうから文哉の声がした。やさしい声に余計に涙があふれた。

ようやく落ち着いた頃、タオルのカーテンをどけると目の前にボロボロ涙を流す文哉がいた。

「え、なんで文哉が泣いてるの？」

「しょうがねーじゃん。勝手に涙が出たんだよ」

ぐしゃぐしゃの顔の文哉があたしの頭に手のひらを置いた。普段ならそっこうでふり払うのに、もうあたしにはそんな力も残っていない。

アニメの勇者のように困難に立ち向かうことなんてできない。あたしは結局、非力な一般人なんだ……。

「血液型のことは勘違いだと思う。電話のことも同じ。おばさん、焦るとわけのわかんない行動を取るから、本気で電話がかかってくるって思いこんでたんだよ」

「同情なんかしてほしくない」

いつもの強気っぽい口調を意識しても、全然ダメ。現に文哉は悲しそうな表情を浮かべただけだし。

「してねーし」

「…………」

露呈しつつある家族の秘密に押しつぶされそう。どんなに泣いても、私が本当の家族じゃないという事実は変わらない。

「なあ、俺の昔の記憶を聞いてくれる？」

つぶやくように文哉が言った。

涙を拭いながらうなずくと、文哉は静かに息を吐いた。

「俺には……昔、弟がいたんだ」

「え？」

思わず文哉を見る。

「年子でさ。いつでもどこでも俺のあとをくっついて歩いてた。俺はうっとうしくて冷たく当たってばっかりだった。でも、俺が小二のとき、交通事故で亡くなった」

驚きのあまりなにも口にすることができない。

「そのあと、引っ越しをしてここに来たってわけ。親は仕事に打ちこむことで立ち直ろうとしてたけど、俺はダメだった。事故に遭った日、俺たち兄弟げんかをしたんだよ。そのせいで……俺のせいで、あいつは事故に遭った。そうやって自分を責め続けた」

過去を見るように目を細めた文哉が、言葉を続けた。

「フローズンメモリーって知ってる？」

「フローズン……？　ごめん、知らない」

「俺も親に教えてもらったんだけど、〝こうだ〟って思っちゃうと、その記憶から抜け出せなくなるんだって。本来あった記憶を凍らせて、自分の思いこんだことが事実だと思うようになる。親に言わせると、俺は弟想いな兄だったらしい。その当時は適当な慰めだと思ってたけど、今は違う。ひょっとしたらそうなのかも、って思えるようになった。いや、思いたいんだろうなあ」

こんな悲しい話なのに、文哉の口元にはわずかな笑みが浮かんでいた。

「……ごめん。弟さんのこと、全然知らなかった」

「言ってなかったからしょうがない。俺に気を遣ってか、仏壇も親の寝室にあるし」

「そうなんだ……」

「弟は俺が作ったホットケーキが大好物だったらしい。記憶にはないけど、それを聞いて以来、料理人になりたいって思うようになった。単純だろ？」

ニヒヒと笑う文哉に、あたしはなんの反応もできずにいた。

頭に置いた手を離すと、文哉は「なあ」と私をまっすぐに見た。

「ちゃんと調べてみよう。楓の勘違いかもしれないし、もし本当だとしても、おじさんもおばさんも泰利も、家族であることには違いないだろ？　まあ……理屈じゃない、ってことはわかってるつもりだけど」

文哉らしい慰めに、思わずうなずいてしまった。

「あたしも血のつながりが第一だなんて思ってない。ただ、いつも胸にモヤモヤがあって、それを解消したいけど怖くてできない感じなの。疑心暗鬼っていうか、なにが本当のことなのかわからないんだよね」

素直な気持ちは簡単に言葉になっていく。

「てかさ」と文哉が腕を組んだ。

「そういうこと、ちゃんと俺に最初から相談しろよな」

「なによ。自分だって弟さんのこと初めて言ったじゃない」

「う……。まあ、たしかにそうか」

素直に認めたあと、文哉はさみしげに笑った。

「幼なじみなんだから、ちゃんと話すべきだった。俺でよければいつでも話を聞くから少しくらい頼ってくれよな」

「あたしこそごめん。相談したかったけど、現実を知ったら余計に傷ついてしまうんじゃないかって……」

不思議だ。自分を演じることなく話ができている。やっと本当のあたしを見つけられた気がした。

文哉があたしのタオルを奪い、自分の顔を思いっきり拭いてからニヤッと笑った。

「タイムマシンでもあればええのにな。そうすれば、楓が誰の子か一発でわかるんやけどなあ」

「あ、やっと関西弁が出たね」

「は？」

「幼なじみとして指摘しておくけど、文哉って、真剣な話のときは標準語になるんだよね」

「マジで⁉」

素っ頓狂な声をあげる文哉に思わず笑ってしまう。

心配してくれていることがわかり、お腹のなかがこんなにポカポカと温かい。

久しく感じたことのない気持ちは、きっとあたしがほかの人たちを拒絶してきたせい。勝手に殻《から》に閉じこもり、家族との関係性も友だちとの距離も、自分の物差しで測ってきた。

すぐには変われないかもしれないけれど、本当の自分でいられるように考えを変えていきたい。

――由芽ともっと仲良くなれたらいいな。

そう思うと同時に、あの夜の言葉が脳裏に流れた。

『もしも時間旅行ができるなら、どの時代に行ってみたい？』

由芽はたしかにそう言っていたはず。

突然立ちあがるあたしに、文哉は目を丸くして驚いていた。

初めて来た由芽の家は、あたしの家とよく似た造りだった。

二階建てで、駐車場から小さな庭につながっている。

さっきから二階にある由芽の部屋で、彼女はよくわからないことを説明している。ローテーブルに置かれた紅茶はとっくに冷めているだろう。

「つまり、蒼杜は大正時代から時間旅行をして、現代にやってきたってことなの」

確信を持った口調で言い切った由芽が、ホッと一息、優雅に紅茶を口に運ぶ。

文哉を連れてこなくてよかった。こんなわけのわからない話を聞かされたら、ツッコミを入れまくっていただろうし。

「大正時代……。それってマジで言ってるの？」

「もちろん。ね？」

由芽が言うと、横であぐらをかいている柱谷くんがうなずいた。

「信じるかどうかは君次第だ。無理して信じる義務もない」

「だって……そんなのマジでありえないし」

信じられるわけがない。柱谷くんが大正時代から時間旅行をし、とある神社の家系の末裔にあたる由芽を助けに来た？　そんなのあたしが見ているアニメの世界じゃん。

でも……と壁時計を見る。お父さんは大丈夫なのだろうか。お母さんたちが病院へ向かってからもうすぐ一時間半が経とうとしている。

「あたしが最近見る裏山の夢も、時間旅行の副作用って本当なの？」

「ああ」と、そっけなく柱谷くんがうなずいた。

なにか説明してくれるかと期待したのに、もうあたしの目も見ない。

グッと心に力を入れ、気持ちを立て直す。誰かを疑うよりもまずは信じてみなくちゃ。

「あたしだって信じたいよ。だからもう少し詳しく教えて。由芽がその神社の家系だったとして、この家がある場所にはもともと神社が立っていたの？」

「否」

聞きなれない言葉で否定した柱谷くんが、あごで南のほうを指した。

「由芽の二代前まで神社はやっていたが、今では建物も鳥居も撤去されている。その場所は立ち入り禁止らしい」

「立ち入り禁止って、ひょっとして……」

「まさしく。今では神社があった場所は〝裏山〟と呼ばれている」

驚くあたしと違い、由芽は冷静にうなずいている。

「山頂にあったらしいの。今は神社も取り壊されて平地になっているんだって」

「あの近くで君は崩落事故に遭った。だが、それはもともとの運命ではなかったことなんだ」

前髪が邪魔してよく見えなかったけれど、近くだと端正な顔つきだとわかる。鋭い目は吸いこまれるほどに黒い。

まあ……文哉のほうがイケメンだろうけど。

余計なことを考えていることに気づき「じゃあさ」と声を張った。

「あたしたちは由芽の巻き添えで一度は死んでしまった。お詫びとして、時間旅行ができるってことだよね？」

ふたりは顔を見合わせてうなずいている。スマホにはあれ以来、お母さんや泰利からの着信はないまま。

「由芽は今も毎日死にかけているってこと？」

「ううん。あれからはまだ起きてないんだよ。でもあと二回、死を回避しなくちゃいけないんだって」

由芽は穏やかに説明してくれた。

一笑に付すような会話でも、今できることは時間旅行の話を信じることだけ。

「わかった。じゃあ、あたしも信じる。だからあたしにもやらせて」

「うん。やろうよ」

由芽はうれしそうに手をたたいてよろこんでいる。

「ただし」と柱谷くんがまっすぐにあたしを見た。

「当事者でない君らには時間の巻き戻しはしない」

「え、どういうこと?」

「つまり、由芽の場合は時間ごと巻き戻し、その地点からやり直してもらったんだ。君らの場合は、今の自分のままでその時代へと時間旅行をする。見学旅行みたいなもんだ」

言っている意味がわからず、由芽に視線を向けて助けを求めようとした。が、私と同じように由芽も首をかしげている。

「私、歴史の科目って苦手なんだよね」

いや、これは歴史というより物理に近いのかも……。

「まあ、深く考えなくてもいい」

と柱谷くんがあきらめの表情で言った。

「未来でも過去でも、時間旅行した先で君は自分自身に会う可能性があるってことだ。騒動になるだろうから絶対に避けるように。さらに、その時代への干渉は禁じる。守れるというならば、すぐにでも出かけよう」

せっかちな柱谷くんに「待って」と声をかけた。

「干渉って、たとえばどんなことなの?」

「その時代の人と接触することで、現世や未来が変わってしまうのは困る。自分のことを空気だと思って行動するように。君たちが使っている機械の持参も断る」

テーブルの上にあるスマホを指さす柱谷くんに、あいまいにうなずいた。

「よくわからないけど、ちゃんとできると思う。それより、今は……どうしても過去を知りたい」

誰かに聞いて事実を知るよりも、自分の目で確かめたかった。いつの間に隣に来てくれたのだろう、由芽があたしの手を握っていた。

「信じてくれてありがとう。楓のこと、応援してるからね。あと、家族のことも話してくれてありがとう」

「ううん」

もっと早く相談しておけばよかった。文哉と由芽たちに話ができたことで、少しだけ心がラクになっているのは自覚している。

「でも……ひとりじゃやっぱり心細いよ。由芽も一緒に来てくれる？」

「え、いいの？」

パッと顔を輝かせた由芽が柱谷くんに目をやった。

「否」と渋い顔で返されるが、由芽は首を横にふってさらに柱谷くんを見つめる。

一秒、二秒、三秒……。

「お前なあ」

顔を突き出す柱谷くんにも由芽は譲らない。静かな攻防戦のあと、柱谷くんはため息をついた。

「わかったよ」

「やった。蒼杜、ありがとう」

由芽の横で柱谷くんが、「で」とあたしを見た。

「どの時代へ時間旅行したい？」

お父さんが本当の父親かどうかを知るには、行くべき過去はひとつしかない。

「あたしが生まれた日に行きたい。十七年前の八月十日に連れていって」

「それなら過去の自分に会う危険はないな。未来でも過去でも選べるが、本当にそれでいいのか？」

「うん。お父さんのことは心配だけど、ちゃんと気持ちを整理してから会いに行きたい。あ……浦島太郎みたいなことってないよね？」

「浦島太郎？　ああ、戻ってきたら何百年も経ってるって怪奇物語のことか。時間旅行している間は、今の時間で停止するから問題ない」

不思議な会話なのに、ふたりを信じている自分がいた。

柱谷くんに促され、三人で立ちあがる。と同時に、部屋のなかにいるのに風を感じた。前髪が躍るほどの強い風に思わず目を閉じた。なにかにつかまらないと倒れてしまいそう。

風のなかで必死で目を開けると、世界は揺らいでいた。水中にいるかのように部屋がゆらゆらと揺らめき、やがて違う景色へと塗り替えられていく。

まぶしい太陽、風は熱を帯び体にまとわりついてくる。

「……あれ？」

由芽の部屋にいたはずなのに、あたしは見慣れた道の端っこに立っていた。

お隣さんの家の塀。その横にあるのはあたしの家。

ふり返るけれど、ふたりの姿は見えない。

「……どこ？」

あたしは……夢を見ているの？

見たことのないほど真っ青な空に、綿あめみたいな白い雲が流れている。町を覆うようにセミの鳴き声が響き、アスファルトは太陽に熱せられている。

『楓が生まれた日は、ニュースになるほどの猛暑日だったのよ』

お母さんが昔教えてくれたことが急に頭に浮かんだ。

だとしたら、あたしは本当に時間旅行をしたってことだ……。ここは、あたしが生まれた日の世界なんだ。

改めて見ると、家の外壁は真っ白で屋根も今みたいにくすんだ茶色ではなく真新しいオレンジ色だった。窓の形が違うのは、火事に遭う前だからかも。

文哉の家が建っているはずの場所は空き地になっていて、雑草がいたるところに生えている。

だけど……どうして家の前にいるのだろう。あたしが生まれたのは駅前にある産婦人科だったはず。それ自体も嘘だったのかな……。

家の前まで行き、玄関を見やる。初めて目にする傘立て、真新しいドア、駐車場には今とは違う軽自動車が停まっている。たしかにあたしの家なのに、まるで違う人が住んでいるみたいだ。

十七年前の産まれた日に来ているのなら、あたしも覚悟を決めなくちゃ……。

お父さんは現れるのだろうか。もし、違う人だったとしても、ちゃんと受け入れなくちゃ……。

「よし」

インターフォンを押しかけた指をすんでのところで止めた。

危ない。お母さんが出てきたとして、なんて自己紹介すればいいのだろう。そもそも過去の人と接触することは禁じられている。

しばらく迷ってから、駅前の産婦人科で待ち伏せすることにした。入ったことはないけれど、待合室くらいはあるだろう。

蒸すような暑さを背負い歩き出す。少し歩けば大通りへ出られるけれど、財布を持ってきていないからバスには乗ることができない。二十分もこの暑さのなか、駅まで歩くのはつらいけれど、仕方がない。

由芽はどこにいるのだろう。一緒に過去に来るって話だったのに姿が見当たらない。

柱谷くんが嘘をつくとは思えないし……って、ろくに話をしたこともないのに。

「最初から産婦人科の前に移動させてくれてればいいのに……」

ぶつぶつ言いながら大通りへ出る頃には額に汗が浮かんでいた。歩く人たちは半袖なのに、長袖のカーディガンに裏起毛のロングスカートを着ているのはあたしくらい。

ああ、バスに乗りたい。クーラーにあたりたい。

恨めしい気持ちで前方に見えるバス停に目をやると、女性がベンチに座っていた。長い髪をうしろでひとつに結び、大きなお腹に手を当てている。足元にはスーパーの袋がふたつ置かれていた。

まさか……という予感は近づいていくと確信に変わった。二十代半ばくらいの女性の顔に見覚えがある。むしろ、今のあたしにすごく似ている。

——お母さんだ！

思わず叫びそうになるのを我慢して観察する。と同時に、その女性が苦しそうに顔をゆがめていることに気づいた。

「嘘⁉」

駆け寄ると、お母さんはダラダラと汗を流しながら歯を喰いしばっている。

「お母さんどうしたの？　苦しいの？」

肩を支えると、お母さんは喉の奥から苦しげな声をあげた。

「あの、ごめんな……さい。救急車を……いえ、タクシーでも……いい、から」

絶え絶えに口にするお母さんに、やっと我に返った。今、あたしが産まれた日に来ているのなら、陣痛がはじまっているってことだ……。

「わかった。しっかりして！」

スカートのポケットに手を入れるけれど、スマホがない！

「お母さんのスマホってどこ？」

「え……」

「ねえ、どこにあるの!?」

隣に置いてあるバッグを探ろうと伸ばした手を、お母さんがつかんだ。ビックリして顔を見ると、いぶかしげな表情であたしを見ている。

「あなた、誰なの？　さっきからどうして私のことをお母さんって呼ぶの？」

「あ……」

サッと血の気が引くのを感じた。

「楓！」

あたしの名前を誰かが呼んでいる。見ると、通りの向こうから由芽が叫んでいた。

「由芽！　どうしよう。あたし……」

「待ってて。すぐに行くから！」

聞いたことのない大声で叫んだ由芽が道路を横断してくる。お母さんに視線を戻すと、拒絶の顔がそこにあった。

「やめて……誰か助けて」

「え、待ってよ」

「誰か！」

周りの人に向かって叫ぶお母さんに、失敗したことを知る。

……あたしがお母さんって呼んだからだ。

ふいに影があたしとお母さんを覆った。見あげると、あきれ顔の柱谷くんが立っていた。お母さんは柱谷くんの学ランの袖を強くつかんだ。

「助けてください。お願いします！」

柱谷くんは目線をあたしに向けたまま。

「わかってるな？」

「でも、今はお母さんが！」

またそう呼んでしまったあたしに、柱谷くんはため息で応え、お母さんはさらに悲鳴をあげた。

「あと一度だけチャンスをやる。次はないと思えよ」

柱谷くんが言うと同時に、熱風が体に押し寄せた。あまりの熱さに身を縮める。

やがて、セミの鳴き声が近づいてきた。

「………………」

ゆっくり目を開けると、家の前であたしはうずくまっていた。

「楓！」

あたしの体を由芽がゆすっていた。

「あ……ごめん。あたし、あたし……」

「私こそごめんね。蒼杜、すごく遠くの場所に移動させるんだもん」

全力で走ったあとのように呼吸が荒い。胸に手を当てながら必死で考える。

「え、ここって？」

「蒼杜が時間を戻してくれたんだよ」

嘘みたいだ。あたし、本当に時間旅行をしているんだ。いや、同じ時間をくり返しているならタイムリープのほうがしっくりくるかも。

そんなことよりも今はお母さんを助けることが先。どうすればお母さんを助けられるのだろう。

暑さと焦りで思考がまとまらない。

塀に手を当てなんとか立ちあがるあたしに、由芽は「大丈夫だよ」と丸い声で言った。

「楓がなにもしなくても、おばさんはちゃんと出産できたんだよ。楓が産まれているってことがその証拠なんだから」

きっとそうなのだろう。だけど……。

「でも、あんなに苦しそうだったのに見ているだけなんてできないよ。どうしようどうすればいいの……」

普段はそっけない態度ばかり取っていた。ろくに話もしないあたしのことを、お母さんはどう思っていたのだろう。

泣きそうになるあたしの手を由芽がギュッと握った。

「一緒にがんばろう」

いつも励ますのはあたしの役目だったのに、真逆になっている。

「あたしには無理だよ……。どうしていいのかわからない」

頭のなかがぐちゃぐちゃだ。

「楓の思った通りにやればいいから」

「でも、これがラストチャンスだって……」

由芽の前で弱音を吐いたことなんてなかった。

「きっと大丈夫だよ。何度でもやり直せばいい。私からもお願いするから」

力強くうなずく由芽に、一瞬で胸が熱くなった。

「由芽は……強くなったね。柱谷くんのおかげだね」

イヤミでもなく素直に感心するあたしに、由芽は首を横にふった。

「蒼杜だけじゃない。楓だって私に力をくれているんだよ。今は私が楓の力になりたいの」

握られた手に力が入り、あたしも同じくらい握り返した。

「ねえ由芽……過去の人と接触しちゃいけないんだよね？」

「蒼杜はそう言ってたけど、大きく未来が変わらなければ大丈夫だと思うよ。自分を信じてやってみて」

自分を信じる……。あたしにできるだろうか？

ううん、やるしかないんだ。

さっきはここでしばらく時間をつぶしていた。時間にしたら五分くらいだろうか。だとしたら――。

「わかった。やってみる」

そう告げて走り出す。風が生まれ、セットした前髪が躍っても構わなかった。

伴走してくれる由芽が、あたしを見てうなずいてくれた。不思議と力が生まれる気がした。

大通りへ出るとバス停の方向へ進む。ちょうど停車したバスからお母さんがおりてきたところだった。

お母さんを助けるにはさっきみたいに声をかけてはいけない。どうればいい？　自分に質問を投げかけても答えが浮かばない。

「楓。あの人にスマホ借りようよ」

由芽が道を歩くサラリーマンの男性を指さした。

「わかった」

まぶしそうに空を見あげているお母さんを通り越し、前を歩くスーツ姿の男性に「すみません」と声をかけた。

「は？」

眼鏡をかけた三十歳くらいの真面目そうな男性が足を止めた。視界のはしに、お母さんがベンチに腰をおろすのが見えた。

「すみません。携帯電話を貸していただけませんか。緊急なんです」

「は？」

さっきよりいぶかしげな男性に、

「お願いします」

と頭を下げた。

「……いいけど。なにかあったの？」

スーツの内ポケットから出されたスマホを受け取り……いや、スマホじゃない。手のなかにあるのは、二つ折りの携帯電話だった。焦りが先行し、どうやって開くのかわからない。こうしている間にも、お母さんの体に異変が起きるだろう。

救急車が来るまでの時間はどれくらい？

「楓」

ふり返ると、由芽は通りの向こうからやってくるタクシーを指さしている。わかるよ、シンクロしているみたいに由芽の思考が理解できる。

男性に携帯電話を返すと、通りへ飛び出す。

「お願い、停まって！」

「危ないだろ！」

男性があたしの腕を思いっきり引っ張った。間一髪のところでタクシーが急ブレーキをかける。男性の手をふり払い、タクシーの運転席へと回る。初老の運転手が驚いた表情のまま窓を開けた。

「すみません。駅前の産婦人科まで行ってほしいんです！」

「産婦人科？　ヒロ先生のとこ？」

「ヒロ？」

「鈴木《すずき》宏輔《ひろすけ》先生じゃないの？」

「そうです、鈴木産婦人科です！」

さっきの男性が「産婦人科……」とつぶやく向こうで、お母さんがお腹に手を当てるのがわかった。すぐに苦悶の表情に変わるのを見て陣痛がはじまったことを知る。

急がないと、早く病院へ行かないと――！

「おか……あの人を早く！」

「え、あの人？」

わけがわからない男性の腕を引っ張りバス停へと戻ると、お母さんと視線が合った。

「立てますか？」

と尋ねると、気圧された表情でうなずいてくれた。

由芽も加わり三人がかりでタクシーへと移動させる。うしろのドアが開いて乗りこもうとすると、運転手さんが「うわあ」とマンガで見るような声をあげた。

「妊婦さんは困るよぉ。救急車を呼んでよ」

なに言ってるの、この人。怒りがこみあげるのをこらえて、頭を下げた。

「緊急なんです。どうかお願いします」

「いやあ、こういうのはちょっとねえ。前に乗せたことあるけど、シートを汚されちゃって大変だったん――」

「いいから乗せろ、って言ってんの！」

前のめりで叫んでから先に車内へ乗りこんだ。カーディガンを脱ぎ、隣のシートに敷くと、由芽も同じように上着を貸してくれた。

「わかりました！　ご乗車ありがとうございます！」

強い口調に気圧されたように運転手の態度が一変した。お礼を言い、お母さんを隣に座らせた。

「ここは任せて。あとで合流するから」

由芽がそう言った。なぜかサラリーマンの男性が助手席に乗りこむ。

「ほら、早く行きましょう！」

ドアが閉まり走り出すと同時に、お母さんがうめき声をあげた。

「ごめんなさい。まだ予定日じゃないのに……」

「大丈夫です。すみません、急いでください！」

「わかってるよ。ちょっと揺れるぞ！」

いちばん右の車線に移動したタクシーがクラクションを鳴らしながらスピードをあげる。

「がんばってください！」

助手席でうしろを向き、涙ながらにサラリーマンの男性が励ましている。

――未来に影響を与えてはいけない。

頭で何度も復唱しながら、あたしは口をしっかりと閉じた。きっとこれくらいなら影響はないだろう。そもそも柱谷くんもいないし。

「あの、皆さん本当にありがとうございます」

痛みが落ち着いたのだろう、お母さんがあたしたちに言った。

前のふたりが同時になにか言ったが、声が重なり聞き取れなかった。たぶん『大丈夫』とか『任せとけ』とかだろう。

「本当に助かりました。――あなたは、高校生？」

お母さんがあたしに尋ねたので、あいまいにうなずく。

「はい」

「そう。こんな親切にしてくださって、本当にありがとうございます」

「いえ」

なるべく話をしないようにしないと、と短い返事をする。

「やっと……やっと授かった子なんです」

「え？」

見ると、お母さんは愛おしそうにお腹をなでていた。

「不妊治療がうまくいかなくて、あきらめかけていたところにできた子なんです。だから、うれしくって」

そんなこと聞いたことがなかった。ううん、ひょっとしたらあたしが聞いていなかっただけかもしれない。お母さんの話してくれた言葉を、これまでいくつシャットアウトしてきたんだろう……。

ガタンと車が揺れる。

「安全運転でお願いします」

運転手に声をかけてから、改めてお母さんを見る。苦しそうで、だけどよろこびに包まれていて……。あたしが見たことのない顔をしている。

「生まれてくるお子さんは……幸せですね」

「はい。女の子なんです」

お腹のなかには、これから生まれてくるあたしがいる。まだ理解が追いついていないし聞きたいこともたくさんある。でも、今はお母さんを病院へ連れていくのが先だ。待っていれば、本当の父親が顔を出すだろう。

もうすぐ駅前に差しかかるところなのだろうけれど、今と違いやけに道が細い。見たことのない店や商店街まである。

「こんなに変わっちゃうんだ……」

「え？」

「あ……なんでもないです」

お母さんの不思議そうな視線から逃れるように窓の外を見れば、雨雲が遠くから忍び寄っていた。

「だから余計なことはするな、って言っただろ！」

あたしはさっきから、病院の外で柱谷くんに怒られている。サラリーマンの男性はお母さんにつき添ってなかにいるし、遅れて到着した由芽も姿が見えない。

「ごめん」

何回目かの謝罪を口にしても、柱谷くんは許してくれない。

「君が余計なことをしたせいで、母親と運転手とサラリーマンの未来に影響が出たんだ。それを調整するのがどんなに大変かわかってない」

「でも、どうしても助けたかったの」

「君が助けなくても無事に出産した。これを余計なことと言わずに、なんと言い換えられよう」

たまに昔っぽいしゃべり方をするとは思っていたけれど、やっぱり柱谷くんは大正時代から来た人なんだな。そんな冷静な分析をしながら、頭を下げた。あたしが約束を守らなかったことは本当のことだから。

「悪かったと思っています。ごめんなさい」

しばらく黙ったあと、柱谷くんは肩をすくめた。

「……やけに素直だ。じゃあ、もう帰るか」

「え、まだダメ。あたしの本当のお父さんが誰なのか、まだわかってないし」

不機嫌そうに顔をしかめる柱谷くんに、

「お願いだからもう少し待ってて」

そう言い残し、入り口のドアを押して入った。なかは想像よりも広く、ロビーにはたくさんの患者が座っている。お母さんも由芽もサラリーマンも見当たらないので、受付に近づく。

「すみません。今、タクシーで運ばれてきた女性はどこにいますか？」

忙しそうにカルテになにか書きこんでいた女性が顔をあげた。

「ああ、さっきの。ここを進んで突き当たりを右に曲がったところに陣痛室がありますす。そこの三番におられますよ」

今では考えられないほどのセキュリティの緩さだ。お礼を言い、言われた場所へ急いだ。左側には分娩室と表示されている部屋が並んでいて、その奥に陣痛室のプレートが見えてきた。

ドアの前にいた由芽が、

「楓！」

と、大声で私の名前を呼んだ。サラリーマンの男性も隣にいる。

「どう？」

「なかに入ってないからわからないんだけど、看護師さんの話ではまだまだかかるみたい。でも、赤ちゃんはお腹のなかで元気に動いているって」

由芽の隣でサラリーマンの男性はハンカチを目に当てている。

「もうすぐ新しい命が生まれてくると思うと、感激です」

「あの、本当にありがとうございました」

「いやいや。うちももうすぐ子供が生まれるもんでね。こちらこそいい経験をさせてもらったよ」

にこやかに去っていく男性を見送ると、由芽があたしの肩に手を置いた。

「じゃ、がんばって。外で待ってるね」

「……うん」

ひとり廊下に佇む。廊下には座るところがなく、ここで待つのは厳しそう。ロビーに戻ろうかとも考えたけれど、さっきの柱谷くんの様子ではあまり時間は残されていないだろう。

意を決し、ノックをしてからドアを開けると――。

「え!?」

病院着に着替えたお母さんが、室内をウロウロと歩き回っていたから驚いてしまう。

「ああ、先ほどの」

あたしを見てうれしそうにほほ笑む。化粧っ気のない顔でも、すごく美しいと思った。

「痛みは大丈夫ですか？」

「病院に着いたとたん陣痛がおさまってしまって、お医者さんから歩くように言われたんです。でも、もう限界」

頑丈そうなパイプ椅子に腰をおろしたお母さんが、私にも椅子を勧めた。丸椅子に腰をおろし、向かい合う形となる。

「せっかくの誕生日なのに雨が降りそうね」

「はい」

たしかに先ほどよりも厚い雲が建物を包みこんでいる。

ここでお父さんが来るかどうかを見ようと思っていたけれど、よく考えたら駆けつけてくるとも限らない。時間がないならちゃんと聞かなくちゃ……。

でも、どうやって聞けばいいのだろう。

スカートの上で握りしめていた手を意識して開いた。

質問を頭のなかで考えていると、

「あなたのお母さんはどんな人ですか？」

お母さんがあたしに尋ねてきた。

「え？」

「私、母親になるのが初めてだから、どんなふうにしたらいいのかわからなくて……。ヘンな質問でごめんなさいね」

照れるように笑うお母さんに、首を横にふった。

「うちは……共稼ぎなんです。家事は手抜きが多いけど、それでもすごいなって思います。まあ、口うるさいのが難点だけど」

「あはは。私もそうなるのかな」

そうなるんです、とは言えず首をかしげてみせた。

「私のとこも共稼ぎコースかな。ほら、不妊治療をしたって言ったでしょう？　けっこうお金がかかっちゃったのよね」

「それでも、赤ちゃんができてよかったですね」

「本当に」と、お母さんは自分のお腹をそっと両手で包む。

「この子の父親もおじいちゃんもおばあちゃんも、みんなが楽しみにしているの。ちゃんと幸せにしてあげないとね」

なぜだろう、不思議な感覚に包まれているよう。

時間を越えて、お母さんの気持ちを教えてもらったようで……。ああ、これが感動ってやつなのかもしれない。

本当のお父さんが誰なのかは気になるけれど、もうどうでもいいような気さえしてくる。あたしの誕生を心待ちにしてくれている人がいるだけで十分な気がした。

せっかく時間旅行をさせてもらったけれど、もうこれで帰ろうかな……。

「結婚式、楽しみだな……」

その言葉に思わず息を呑んでしまった。驚くあたしに気づかないでお母さんはまた空を見ている。

「実はまだ結婚式を挙げてないの。家を建てたことでギリギリのところに、不妊治療が加わっちゃってそれどころじゃなかったのよ」

「そう……なんですか」

「妊娠がわかってから主人が必死に働いてくれて、なんとか来年にはちゃんとした式を挙げられそうなのよ」

知らなかった……。ということは、出産後に式を挙げたってことだ。

体中の力が抜けるのを感じた。あたしはきっとお父さんの子だったんだ……。

ううん、待って。

「来年、式を挙げられるのですか？」

あの封筒には結婚十周年と書かれていた。あたしが三歳のときに式を挙げたなら計算が合わない。

「来年の夏には挙げる予定なの。それでね……」

お母さんは気づかずにモジモジと上目遣いになった。

「よかったら結婚式に出てもらえないかしら？」

「え……あたしが？」

「命の恩人だ、って皆さんに紹介したいの」

これはまずい展開だ。いくら招待されてもあたしが参加することは不可能だし、そもそもどうして結婚式の時期がこうもずれているのだろう。

「やっとお金も貯まったし、盛大な式にしたいの。もちろんこの子も入れてね。あなたに助けられたのもなにかの縁だし、式に出席してもらいたいの。うん、出席してもらうわ」

今のお母さんに通じる強引さは、昔から変わらないんだ……って、感心している場合じゃない。

「お母さん」

「お母さん？」

「あ、違う。お母様も参加されるのですよね？」

慌ててごまかした。お母さんはクスクス笑ってうなずいた。

「もちろんよ。親戚中が待ち構えてるの。みんなにぎやかな人だから、きっと楽しい式になると思うの」

視線を巡らせると、ベッドの足元に名札がかけられている。そこには『玉森梢』というお母さんの名前が記してあった。

ああ、お父さんの苗字だ。そっか、最初から名前を聞けばよかったんだ。

今度こそ安堵の息をつくと同時に、次の疑問が頭に浮かんだ。来年おこなうはずの結婚式が延期されたのはどういう……。

「あ！」

思わず大きな声を出したあたしに、お母さんはギョッと飛びあがった。

「びっくりした。やっぱり参加は難しい？」

「いえ……あの、あの……」

──火事だ。

きっとあたしが生まれてすぐに起きた火事のせいで、せっかくの貯金を使い果たしたんだ。火災保険はおりるにしても買い直すものも多いだろうし、延期せざるを得なかったのだろう。

あたしが教えなくてもその数年後にちゃんと結婚式を挙げることはできている。

だけど、だけど……。

さりげなくうしろをふり返っても、柱谷くんの姿は見えない。

「あの……ひとつだけ大事な話があるんですけど」

顔を寄せるあたしに、お母さんは耳を寄せた。

陣痛室から出て廊下を歩いていると、向こうから男性の声が聞こえた。

「妻は、妻はどこに⁉」

ああ……と声を聞いて笑みが浮かんでしまう。受付の女性に詰め寄っているのは、若いときのお父さんだ。まだ髪もフサフサでシワだってない。慌てて来たのだろう、ネクタイがひん曲がっている。

「奥様、ですか？　あの、ちょっと落ち着いてください」

「落ち着いてなんていられません。どこなんですか⁉」

カウンターを越えそうなほどの前傾姿勢に思わず笑ってしまった。こんなふうにあたしの誕生を心待ちにしていてくれたんだ……。

あたしはそんなことも知らず、顔を合わせるのをイヤがって……。

ポンとその肩をたたくと、お父さんは「うわ！」と悲鳴のような声をあげた。

「奥様ならこの先を進んで右に曲がった先にある分娩室に入られたところですよ」

「ぶ、分娩室！　ああ、生まれるんですね！」

駆け出したお父さんが途中で足に急ブレーキをかけると、あたしに向かって深々と頭を下げた。

「ありがとうございました！」

駆けていく背中を見送る。なんだか泣いてしまいそう。命が生まれるってすごいことなんだね……。

病院を出ると、曇天が私を見おろしている。心のなかは雲ひとつない快晴だ。

建物の裏手を歩き、分娩室のあるあたりまで来ると、うしろから足音が近づいてきた。ふり向かなくても柱谷くんだとわかる。

「おい、待て」

「待て、って犬みたいに呼ばないでよね」

「余計なことはしてないだろうな」

「うん。余計ではないことはしちゃったかも」

一瞬で渋い顔になる柱谷くんには、現代に戻ったらちゃんと謝ろう。今だと、またやり直しをさせられそうだし。

向こうから由芽が手をふりながら近づいてくるのを見て、あたしは駆け出していた。

驚いた表情で立ち止まる由芽に思いっきり抱きつく。

「ありがとう。由芽のおかげでぜんぶ解決したよ！」

「よかったね。楓ががんばったからだよ」

「うん、うん……」

気がつくと涙が頬を伝っていた。由芽が言っていたように、自分を信じることが大切だった。あたしにはその勇気がなかったから、周りだけじゃなく自分までごまかして生きてたんだね……。

「おじさん、すごい勢いで走ってきたよ。やっぱり楓の鼻の形にそっくりだよね」

「そうじゃなくて、あたしの鼻がお父さんに似てるんだよ」

「よかったね。楓、本当によかったね」

涙声の由芽にあたしもこらえきれずに嗚咽《おえつ》を漏らしていた。

「なんで俺に感謝がないんだよ……」

不満を言う柱谷くんにも「ありがとう」と伝えた。

ふたりのおかげで長い間かかっていたモヤが消えたような気分。

「あたし、帰ったらお父さんの病院に行ってくるね」

雲の間からまぶしいほどの太陽が顔を覗かせている。雨雲はやがて遠くに消えるだろう。

「あ、聞こえる？」

由芽の声に耳を澄《す》ます。セミの声よりも大きな声で……聞こえる、聞こえているよ。

あたしが最初にあげた産声が力強く聞こえている。

それ以上に大きな男泣きは、あたしのお父さんの声だった。

病院から帰るや否や、泰利は遊びに出かけてしまった。

キッチンの電気をつけると、お母さんがお茶を淹《い》れてくれた。

「それにしても会社も大げさよね。輸血が必要かも、なんて電話で大げさなことを言って」

ぶすっと膨れた顔のお母さんを「まあまあ」となだめた。

「あれくらいのケガで済んでよかったじゃん。結果オーライってことだよ」

機械に挟まれたというのは誤解で、ヘルメットが機械に挟まったというのが事実だった。跳ね返ったヘルメットでしたたか頭を打ったお父さんは、念のため検査入院をすることになったらしい。

病院に駆けつけたあたしのことを誰よりもお父さんがよろこんでくれた。

湯呑《ゆのみ》を手で温めるように持つと、お母さんがあたしをまじまじと見てきた。

「なによ、急に大人ぶっちゃって。まあ、楓はお父さんっ子だから心配だったわよね」

初耳の情報に目を丸くした。

「え、そうなの？」

「昔からお母さんが妬《や》くくらい、仲良し親子でしょ」

……そっか。あたしが最後にお母さんに言ったことで、未来が変わったんだ……。

ということは、結婚式もあの翌年にちゃんとおこなうことができて、結婚十周年の案内状をあたしが見ることもなかったのだろう。

あたしにはない記憶だけど、自分が変えてしまった未来だしこれも結果オーライだ。

「へへ、よかった」

ニコニコするあたしに、お母さんは目を丸くしたあと「いけない！」と立ちあがった。キッチンへ行くと、なにやら指さし確認をしてから戻ってくる。見ると、キッチンの横と冷蔵庫の横には消火器が二本も置かれている。

なにをしてるのか、なんとなく想像がつく。その後も、お母さんはガス栓やコンセントのチェックをしている。

「お母さん、ちょっと聞いてもいい？」

「……え、なんか怖い」

お母さんの言い方に笑ってしまった。

これまでは言いたいことを言えずにいた。家族なんだから最初から聞けばいいのに、どうしてもできなかった。

アニメなら主人公は必ず成長する。今までの自分から成長できたかどうか、あたしにはまだわからない。聞けなかった日々も、悩んだことも、あたしにとっては大切なことだったと思うから。

いつかふり返ったときに、ぜんぶのことがいい思い出になっているといいな。そうなるためにも、ちゃんと想いは言葉にしていこう。

姿勢を正し、お母さんに頭を下げた。

「ごめんなさい。あたし、勝手に勘違いしてたの。お父さんとお母さんの本当の子どもじゃない気がして」

「へ？　そんなこと今まであった？　え、なんの話？」

そうだろう。過去を変えたことで、今の時間上のあたしは疑ってもいなかっただろうし。

「でももう大丈夫。あたしはちゃんとふたりの子どもだってわかったから」

「当たり前じゃない。ヘンな子」

あきれた顔をしたあとお母さんが「あ」と短く言った。

「ひょっとして血液型のこと？」

これにはドキッとしてしまった。まさか、血液型の件がまだ残っているとは思っていなかった。

「血液型が違うの？」

胸に手を当てて尋ねると、お母さんは片手をヒラヒラと横にふった。

「お父さんと楓は同じA型よ。でも、A型でも種類があってね、お父さんはRH－っていう珍しい型なのよ。泰利も遺伝で受け継いで同じRH－で、お母さんと楓はRH＋。

お母さんもよくわからないんだけど、輸血ができるのは泰利だけなのよね」

「へえ……」なんだかどうでもいい気がした。

大事なのは血のつながりじゃない。毎日のなかでどれだけ家族でいられるかが大切なんだ。勝手な思いこみのせいでちっとも家族を大事にしてこなかった。

キッチンのチェックを終えたお母さんがテーブルについた。

「お母さんもね、懐かしい話をしたくなっちゃった」

いそいそとクッキーの箱を差し出すお母さんにうなずいた。

「あなたが生まれる日のことよ。もう何度も話をしたから聞き飽きたと思うけど、また話したくなったから聞いてね。すっごく不思議なことがあったの」

「不思議なこと？」

すると、お母さんはしばらく黙ってから懐かしそうに、照明のあたりに目をやった。

「出産日まで間があったから、運動がてらスーパーに行ったのよ。バスからおりたとたんに陣痛が来ちゃってね」

ついさっき起きたことが時間を越えて語られている。なんだかくすぐったい感覚だ。

「どうしようもなくて苦しくなって、動けなくなったのよ。そのときに助けてくれた人たちがいるの。スーツの男性とタクシーの運転手さんとは今でも年賀状でやり取りをしているのよ」

「ええっ⁉」

思わず声をあげたあたしに、お母さんは「あら」と顔をしかめた。

「当たり前でしょ。命の恩人なんだから」

「あ、うん……。で？」

慌てながらも平静を装うと、お母さんは少しさみしげにうつむいた。

「女の子がふたり、一緒に助けてくれたんだけど、その子たちが誰なのかいまだにわからないままなのよね」

「……へえ」

「そのうちのひとりの子は、すごくお母さんのことを心配してくれてね。改めてお礼を言いたいんだけど、あの日以来会えてないのよ。どんな顔だったかもおぼろげにしか覚えてなくて……」

なんて返事をしていいのかわからずにあいまいにうなずいた。さすがに、『ここにいます』とは言えない。

「不思議な子でね。いよいよ陣痛の間隔が近づいてきたときに、彼女に言われたのよ」

ああ、お母さんは覚えていてくれたんだ。表情には出さずに首をかしげてみせた。

「『キッチンに消火器を置いて、いつでも使えるようにしてください。火災保険もいちばんいいコースを選んでください』って。それが最後の言葉だった」

それからお母さんは、あたしが一歳の頃に起きた地震について語ってくれた。消火器を置いておいたおかげで、天ぷら油が引火してもすぐに消し止めることができた、って。火災保険を使って修繕をし、結婚式も予定通り挙げることができた、と。

よかったね、お母さん。お父さん、そして時間旅行をしたあたし。

うれしくて今にも泣いてしまいそう。唇をかみしめてこらえても、視界がゆがんでくる。

お母さんはふうとため息をこぼしたあと、

「元気かな……楓ちゃん」

とつぶやいたから、あふれ出そうな涙が一瞬で引っこんだ。

「かっ、楓？　なんで名前を知ってるの？」

「陣痛室にいるときに、もうひとりの女の子が『楓！』ってその子のことを呼んでいたの。あなたの名前も、お父さんとお母さんの名前の漢字を合わせて〝楓〟にしよう、って決めてたから驚いちゃってねぇ」

陣痛室の前で由芽に呼ばれたことを思い出した。お母さんはさすがにあたし本人だと気づいていないようで安心した。

あたしはすごいことをしたんだ、という自信にも似た感覚があった。ぜんぶ、柱谷くんと由芽がくれたプレゼントなんだね。

もう、自分を演じるのはやめよう。自分を信じる勇気を持ち続けよう。きっとあたしにもできるはず。

「こんばんは！」

玄関のドアの開く音に続き、文哉が顔を出した。

「おばさん、お帰りなさい。泰利に聞きましたよ、ご無事でなによりですわ」

「あら文哉くん。これからチャーハンいただこうと思ってたのよ」

「お疲れだと思って、元気になる食材買ってきましたわ。あんかけチャーハンにリメイクしますから待っててください」

あいかわらずニコニコして、スーパーで買った食材をお母さんに見せている。

持ってきたエプロンをしゅるしゅるとほどく姿を見ていると、急に視界がぼやけてきた。

あれ、なんだろう……。さっきとは違う涙がこみあげてくる。やっとホッとできたというか、安心したというか。なのに胸の鼓動は逆に速くなっている。

「どうかしたんか？」

顔を覗きこんでくる文哉に、あたしは言う。

「いつもありがとう。あたしも手伝うからデザートもよろしく」

「珍しいこともあるもんや。で、リクエストは？」

「文哉特製のホットケーキがいいな」

そう言うあたしに文哉は口をぽかんと開けたあと、顔をくしゃくしゃにして笑った。

私もきっと同じように笑っているだろう。

【幕間】柱谷蒼杜

　玉森楓の家からにぎやかな笑い声が聞こえる。

　この時代の家族は不思議だ。こんなに立派な家があって便利な物もたくさんあるのに、家族の距離は俺のいる時代よりも遠い。

「楓が元気になってよかったー」

　由芽はまるで自分のことのようによろこんでいる。本気か？

「時間旅行するほどのことだったのか疑問だ。そもそも両親に直接聞いてみればいいだけの話だろう」

「それができないから困ってるの」

「家長である親に話をできないことがあるなんて不可思議だ」

　歩き出す俺を邪魔するように由芽が前に回りこんだ。なにかまた文句を言うのかと思って身構えると、由芽は頭を下げた。

「蒼杜のおかげで楓を救えた。本当にありがとう」

「よせ。俺にとっては――」

「義務だもんね。でも、ありがとう」

調子の狂うことを言うやつだ。

「雪音に感謝するんだな。あいつの予言でこの時代に来ることになったわけだし」

「雪音さん？　ああ、夢のなかで蒼杜を見送る人だよね」

「ああ」

うなずきながら、由芽の表情がこわばるのがわかった。迷うように口を開き、由芽は言った。

「蒼杜は雪音さんのことをすごく好きなんだよね」

「……は？」

「……え？」

冷たい風が俺たちの間を割るように吹いた。

「俺が雪音のことを？　いや、それはない。雪音には婚約者がいるし、結婚を間近に控えているから。なんていうか、そこのふたりみたいな関係だ」

玉森楓の家をあごで示すが、由芽はぽかんとしたまま。

「つまり昔なじみの関係なんだよ」

「でも、雪音さんは……」

はあ、とため息がこぼれた。やっぱり勘違いしていたのか……。

「この時代では自由恋愛が主流らしいが、俺たちの時代……いや、うちは特殊だから一概には言い切れないか。とにかく、俺と雪音の家はそんな間柄じゃないんだよ。そんなふうに思ったことは一度もない」

「でも雪音さんは違うと思う」

「しつこい。お互いにそんな感情はまったくない。なんでも恋愛に結びつけるな」

これで納得しただろう。

しかし俺の期待はすぐに打ち消された。安心したような表情を見せたかと思ったら、なぜか由芽は怒ったように眉間にしわを寄せてしまった。

「蒼杜って鈍感すぎる」

これにはさすがに腹が立った。

「なんか文句でもあるのかよ」

おそらく雪音の見送りの日のことを言っているのだろう。なぜあんなに悲しそうだったのか、説明することはできる。

だが、そうすることで由芽に重荷を背負わせることになるだろう。

「……もういい。じゃあね」

すたすたと歩き出す由芽。さっきまで感謝を述べていたくせに、まるで意味がわからない。

「まだ十月末までは日があるから十分気をつけろよ」

聞こえているくせに無視を決めこむことにしたらしい。

「おい」と呼びかけると、由芽はやっとふり向いてくれた。

「わかってるよ。あと二回、運命から逃げきってみせるから」

笑っているのに泣いている。そんな表情に思えた。

「それならひとりで帰るなんて言うな。なにがあるかわからないんだから」

そう言う俺に、由芽は素直にうなずいた。

あと二回の死を回避できなければ、彼女は死んでしまう。もしもその日が来たら、俺はどうするのだろう。

義務、という言葉では片づけられない感情を探るのはよそう。今はただ、明日も由芽が生きていればいいだけのこと。

十月の風が俺を責めるように吹いている。

第三章　「未来のパズル」　佐々木あすか

文化祭ってなんのためにあるんだろう。

みんなで一致団結して高校時代の思い出を作るため？　それとも保護者に見せるため？　教師の自己満足にも思えるし、学校のイメージ向上のためにも感じる。

私にとっての文化祭は、苦痛でしかない。特に今の準備期間なんて、毎日曇天に覆われているような暗い気持ちが続いている。

陽キャな子にとってはこういう時間も楽しいだろうけれど、普段からどこのグループにも属さない私にはつらいだけ。

私にあてがわれたのは、装飾に使う葉っぱや小枝を集める仕事。苦手な体力仕事だったけれど、そんなこと口にしたら浮いてしまう。

同じグループになった子がやさしかったおかげで、疲れながらもなんとか終わらせることができた。なのに、結局ほかの進んでいないグループの手伝いをさせられている現状。今日だって早く帰りたいのに放課後、薄暗い美術室にいる。

美術室は文化祭までの間、衣装部屋として使われている。文化祭一日目に体育館で行われる部活発表に使うのだろう、たくさんの衣装のせいですごく埃っぽい。

「あすか、これも運んどいてよ」

大身亜衣は遠慮なく私の腕にたくさんの着物をのせてくる。ずっしりと重い着物の山に今にも崩れ落ちそう。

「しっかり持って。ほら、これくらい軽い軽い」

体の大きな亜衣には余裕だと思うけれど、クラスでいちばん身長の低い私にはかなり厳しい。ずれた眼鏡を戻すこともできないまま、廊下を右へ左へふらつきながら教室へ向かう。

夕暮れの窓に自分が映っている。中途半端な長さの黒髪に丸い眼鏡。昔から変わらないのは身長も同じだ。

いくつかの教室ではにぎやかに準備が進んでいる。楽しそうにはしゃぐ男子や笑い声をあげる女子を横目で見ながら、教室への長い廊下を進む。

大正時代の喫茶店を再現するそうだけど、開催まであと一週間もないのに準備は驚くほど進んでいない。

こんなことをしている場合じゃないのに。一刻も早く家に帰りたいのに。

そう言えたならどんなにいいか。

学校での私は、まるで波打ち際の貝。なにも言わず、ただ波にさらされているだけ。口を開けば砂が入り、息ができなくなることはこれまでの経験でイヤというほどわかっている。だから、黙々と与えられたことをこなしている。

「こないだの裏山探検、楽しかったよなあ」

懐かしむように亜衣が言った。窓の向こうに見える裏山は、日が落ちたせいで真っ黒な塊と化している。

楽しかった？　ただつらかった記憶しかないけれど……。

「だろ？」

なにも答えないでいると、亜衣が顔を近づけてきた。あれだけ玉森楓さんに注意されているのに、言葉遣いは直らないままだ。

「そうだね」

返答に迷ったとき、この言葉は便利だ。

「知ってた？　裏山の頂上って昔、神社があったんだって。あんな山の上に作られたら参拝するのも大変そうじゃね？」

どうして亜衣はいつも私のそばにいてくれるんだろう。きっと、一年生の最初に席が前後になったからだろう。二年生になり席が離れてしまったのに、今でも変わらず接してくれる。

自分が暗くて無口なことは自覚しているけれど、性格なんて簡単に変えることはできない。

「途中までしかのぼれなかったけど、せっかく立ち入り禁止区域に入れたんだから、頂上まで行ってみたかったよなあ」

「……そうだね」

返事にはタイムリミットがあるから、同意することで乗り切るしかない。

「どうかした？　悩みごとでもある？」

軽い口調での問いに、悩みを打ち明けられるわけがない。

「ううん、ないよ」

「てっきり好きな人でもできたかと思った。抜けがけ禁止だからな」

「え、そんな人いないし……」

「ならよかった」

亜衣は満足げに肩をすくめている。

バタバタと足音が聞こえ、廊下の向こうから佐鳴瞬介くんが現れた。

「お、いたいた。衣装班が待ちくたびれてんぞ」

佐鳴くんの視線は亜衣に向いている。クラスのなかで、私は透明人間みたい。うん、透明人間になりたい、って思っている。誰からも見えなければ、もっと気楽に一日を過ごせるのに。

ああ、また暗い考えに頭が支配されている……。

「エラそうに言って。だったら手伝いに来いよ、な？」

亜衣がまた同意を求めてきた。ここで『そうだね』と答えてしまったなら、佐鳴くんが快く思わないだろう。

返事に困っていると、佐鳴くんが私に視線を向けた。が、それは一秒にも満たず、すぐに視線は亜衣に戻される。

「俺はさんざんパネル運ばされたんだしクタクタなんだよ」

短めの髪に鋭角の眉、だけどやさしい目をしている。口元は涼しげで、いつも薄く笑みを浮かべているような人。

彼みたいに自分に自信を持てたなら、この人生も少しは楽しくなるのだろうか。

「そんなのウチらだって同じだし。だいたいウチらのグループは任務を完遂したんだよ。今は手伝ってやってるってこと、忘れないように」

「んだよ。心配して見に来てやったっていうのに」

「見に来るんじゃなくて手伝え、って言ってんだよ。ほら、持ってよ」

男子と対等に渡り合う亜衣にはお兄さんがふたりいるらしい。『昔は自分のこと男だと思っていた』なんてよく言っている。

佐鳴くんは「はいはい」とうなずくと、なぜか私の持っている着物を半分奪った。

驚く私の隣で亜衣が不満げに鼻を鳴らした。

「なんであすかのを持つんだよ。ウチのほうがたくさん持ってるのに」

「お前はひとりでも大丈夫だろ。ほら、早く戻ろうぜ」

スタスタと歩いていく佐鳴くんに、お礼も伝えられずに歩き出す。

「あいつ、マジでむかつく」

　ぶつくさ言う亜衣に、佐鳴くんがふり向いた。彼の耳が赤く染まっていることを、亜衣は気づいていない。

　私は透明人間だから、ほかの人のことはよくわかる。きっと、佐鳴くんは亜衣のことが好きなんだね。あんなにわかりやすいのに、誰も気づかないなんて不思議だ。

　私には好きな人はいないし、この先も現れないだろう。それでいいと思っている。ひとりで生きている人は、現代社会においてはたくさんいると聞くし。

　教室に戻るといくつかのグループにわかれて準備をしていた。けれど大半はおしゃべりに夢中で、さっき教室を出たときと比べ作業が進んでいるとは言えない。壁の時計を見るともうすぐ六時半になろうとしている。

　困ったな……。

　文化祭も恋愛も、今の私にはどうでもいい。頭にあるのは、早く家に帰りたいってことだけ。

　衣装づくりを手伝っていた神人由芽さんが私に気づき小走りでやってきた。

「お疲れ様。もらうね」

「あ……うん」

　準備が同じグループだった神人さんは、あれ以来何度か話しかけてくれるけれど、私はうまく返事ができずにいる。

昔からそうだった。家でも学校でも、自分の気持ちを言葉にすることができずにいる。

だって、言葉なんてなんの意味もない。誰かの言葉に右往左往させられるのがいちばん苦手だから。

「みんなマジメにやろうぜ。腹減ったから早く帰りたい」

佐鳴くんが声をかけると、

「お前が言うなよな」

と、近くにいた楠文哉くんが茶化した。クラスに笑いが生まれるのをよそに、黒板に貼ってある工程表の紙に近づく。

『佐々木あすか』の名前の横には、『小道具』そして『雑用』と書かれている。雑な用事と書いて雑用、か……。

あとはなにをすればいいのだろう、と教室を見渡す。ううん、できればこのまま帰りたい。

こんなことをしている場合じゃないのに……。壁の時計は、さっきからもう五分進んでいる。

「佐々木さん」

ふいに声をかけられた。見ると、神人さんが教室の前の扉のところで私に手をふっている。クラゲのようにふらふらと近づくと、神人さんは廊下へ出た。そこには神人さんだけじゃなく、玉森楓さんもいた。

イヤだな、とすぐに思う。女子が集まるとろくなことがない。小学生のときも中学生の時も、別の場所に呼び出されるたびに悲しい思いばかりしてきた。

『お父さんがいない、って本当のこと？』

『佐々木さんのおばあちゃん怖いよね。こないだ道で怒られたんだよ』

『ねえ、どうしてなんにもしゃべらないの？』

『もう少しクラスに協力したほうがいいよ』

言いたいことを言える人はラクだろう。伝えることでスッキリして、言った内容すら忘れていく。もしくは言ってやったんだという自己満足を他人にもひけらかすのだ。言われたほうは忘れない。言葉は心に深く突き刺さり、何年経ってもジワジワと傷つけてくる。私の体にはまだたくさんのナイフが突き刺さったままだということを誰も知らない。

だから、私は余計なことを言わないと決めたんだ。たとえ傷つけられても、自分が傷つける立場にだけはなりたくないから。

神人さんと玉森さんも、これからイヤなことを言うのだろう。攻撃に耐えなくちゃ、と体を固くする私に玉森さんがにっこり笑った。

「あれ、バッグは?」

「え……?」

見るとふたりとも通学バッグを手にしている。

「だって帰るでしょ? あたしも今日はクタクタだから帰りたいんだよね」

玉森さんがニヒヒとおどけて言った。

立ち尽くす私に神人さんが、

「私、佐々木さんの荷物を取ってきてもいい?」

と尋ねたので、機械的にうなずき返していた。教室に戻った神人さんがすぐに私の通学バッグを手に出てくる。

「はいこれ。じゃあ、行こうか」

「え、でも……準備が……」

受け取りつつも教室のなかが気になる。学校でうまく生き抜くルールは、目立たないこと。勝手に帰ったことが知られたら、あとでなにを言われるかわからない。

「大丈夫」と、玉森さんが指でOKマークを作った。

「あたしたちは大きな仕事をちゃんと終えたんだから。今やってるのは善意によるお手伝い。一応、予備の枯れ葉を探しながら帰るって了解は取っておいたんだよ」

「そう……なんだ」

「亜衣にも声かけたんだけど、あの子は責任感強いからね。しょうがないから三人で帰っちゃおう」

玉森さんはこの一週間で変わった気がする。前から明るかったし、誰とでもしゃべっていたけれど、なんとなく近寄りがたい壁を感じていた。なのに最近は、私でも話ができるくらいやわらかい雰囲気になった。

右隣を歩く神人さんも同じだ。前までの神人さんは〝夢見がちな由芽〟と呼ばれるくらいぼんやりしていることが多かったのに、この頃はそのあだ名はなりを潜めている。先週くらいからぽわんと空想にふけっている姿も見なくなった。

噂では、神人さんは柱谷くんと、玉森さんは楠くんと急接近しているそうだ。私は女子ふたりの仲がさらによくなっただけのように感じているけれど。

昇降口に着き、靴を履き替えていると、

「ねえ」

玉森さんがひとつに結んだ髪を揺らして私を見た。

「せっかく同じグループになれたんだしさ、これから佐々木さんのこと、あすかって呼んじゃダメ？」

急な提案に、思わず固まってしまった。

「え……？」

「佐々木って苗字がね、うちの近所の人と同じでさあ。その人の家、猫屋敷なんだよ。野良猫を見つけては保護してるから近所からのクレームもすごくってさ。だから、下の名前のほうで呼びたいな、なんて」

「あ、うん。全然いいよ」

意味もなく眼鏡の位置を直しながらうなずくと、神人さんが「ずるい」と不満を示した。

「私もあすかって呼びたい。あすかさんでもいいけど」

「……あすかでいいよ」

「やった」とうれしそうに拍手する横で、玉森さんがなにか思いついたように白い歯を見せて笑った。

「じゃあ、あすかもあたしと由芽のことを名前で呼んでよね」

急な展開に、うれしさよりも逃げ出したい気持ちが強まってくる。無意識にあとずさりしていることに気づき、足を踏ん張った。

神人さんが「こら」と玉森さんに注意する。

「それは急すぎ。いきなりじゃ困るよね」

やさしい目だと思った。これまでも同じ目を何度も見てきた。けれどそれはいつか、さげすむ目に変わってしまうことを私は知っている。

あいまいにうなずく私に、神人さんは昇降口の扉を開けて外に出た。十月下旬の冷たい空気が一瞬で足元を冷やしていく。

「あの、私……」

勇気を出して神人さんに近づくけれど、あとの言葉が見つけられない。神人さんはふり返ると、ひとつうなずいた。

「用事があるんでしょう？」

「え……」

「何度も時計を確認してたから、そうじゃないかなって」

まさか見抜かれていたとは予想外だった。

「私たち一応枯れ葉を探すから、先に帰って大丈夫だよ」

「そうそう。あたし、いい場所見つけたんだよね」

追いついた玉森さんもそう言ってくれた。

それは、本心で言っているの？

言われたことをそのまま信用しちゃいけない。言葉にはいつも裏があるし、信じて裏切られるのはもうたくさん。

だけど……今は、一刻も早く家に帰らないといけない。

悪感が胸に残った。


「ありがとう。じゃあ、行くね」

一礼して校門へ駆け出した。まるでふたりから逃げているみたいで、ひと握りの罪悪感が胸に残った。


昔ながらの日本家屋は平屋建てのせいで、よほど近づかないと建物が見えてこない。やっと屋根が見えたところで今日もため息がこぼれた。

それはお母さんの車が駐車場になかったから。

引き戸を開けると、目の前には板張りの長い廊下が続いている。その向こうにある居間からテレビの音がしている。

廊下を進み、扉を開けると、居間のソファにおばあちゃんが座っていた。まるで椅子に腰かけているみたいに背筋をピンと伸ばし、テレビのニュースをじっと眺めている。横顔を見るだけでわかる、またなにか怒っているって。

「ただいま」

そう言うと、おばあちゃんはリモコンでテレビを消した。おばあちゃんといってもまだ六十六歳。昨年まで看護師として病院で勤務をしていたくらい元気だ。

家のなかだというのに白いブラウスに紺色のパンツ姿で、横にはジャケットまで置いてある。ウェーブがかかった髪は私が子どもの頃から変わらない。退職してから髪を染めるのをやめたらしいが、白髪がメッシュのようで逆に若く見える。

「遅かったじゃないの」

「あ、うん。文化祭の準備があって」

これでも早く抜けてきたんだけど。そんなこと言えるはずもなく、意味もなく通学バックの中身を確かめるそぶりでごまかす。

「文化祭？　ああ、そんなこと言ってたね」

「うん」

「ご飯、さっさと食べて片づけて。シンクの漂白をしたいのよ」

「漂白までやろうか？」

「あすかの手に負える仕事じゃないでしょ。ほら、早く手を洗いなさい」

おばあちゃんとの関係は、まるで上司と部下だ。指示され遂行し、叱られることはあっても褒められることは稀《まれ》。たまにもらえるおこづかいがボーナスというところ。

蛇口《じゃぐち》の水は氷水のように冷たくて指先が痛いほど。

「お母さんだって、『今日はそっちに帰るから』なんて言うからご飯作ったのに、結局残業とか言っちゃって」

「え、お母さん帰ってこないの？」

驚く私に、おばあちゃんはわざとらしくため息をついた。

「遅くなるからアパートに泊まるんですって。仕事、って言われちゃしょうがないけどね」

でも、今日は帰ってくるって言ってたのに……。

「そりゃあ、女手ひとつで育てるのは大変だと思うわよ。うちもじいさんが早く亡くなったから同じようなもんだったし。でも、約束を守れないのはダメ」

おばあちゃんは実の娘であるお母さんにも容赦《ようしゃ》ない。お母さんが言うには、昔からなにも変わっていないそうだ。

お父さんの記憶はほとんどない。たったひとつ覚えているのは、公園で遊んだこと。それだってブランコを押してくれる大きな手と、ふり向いたときに笑った顔が静止画のように残っているだけ。

お父さんは、妹のさくらが生まれてすぐ、交通事故で亡くなってしまった。私がまだ四歳の頃だった。それ以来、お母さんはここに私たちを預け、必死に仕事をしている。職場が遠いので近辺にアパートを借りており、ここに顔を出すのは週末くらいだ。

「さくらは？」

「とっくの昔に部屋に戻ったよ。入院の準備があるとか言ってたね」

「ちょっと顔出してくる。ついでに着替えたいし」

おばあちゃんはチラッとテーブルに置かれた食事を見やったけれど、文句を言うこともなく再度テレビをつけた。同時に私のスマホが着信を知らせるために震えだした。

画面に表示されているのは——お母さんだ。

洗面所に行き、通話ボタンを押すと、

『あすか、ごめんなさいね』

お母さんの声が聞こえた。

『どうしても仕事が終わらなくて帰れそうにないのよ』

「うん……」

『坂東《ばんどう》さんが急に休んじゃってね。明日は出勤するって言ってくれてるんだけど、風邪らしくてひどい声なのよ』

坂東さんなんて人、私が知るわけもないのに。

「明日は帰ってくるんだよね？」

『もちろんそのつもりよ。坂東さんが出勤してくれるといいんだけど……』

電話の向こうでコピー機が紙を吐き出す音が絶え間なく聞こえている。

本当は言いたかった。こんな日でも仕事のほうが大切なの、って。お母さんがひとりで家族を支えていることはわかっているけれど、それでも……。

「ごめん。今、帰ってきたところなんだ」

言いたいことを言えずに急ぐフリでごまかして電話を切った。

モヤモヤとした感情のまま洗面所を出た。

廊下に三つの部屋が並んでいる。ひとつはおばあちゃんの寝室、もうひとつはお母さんの部屋。トイレの横にあるのが私とさくらの部屋で、この家で唯一の洋室だ。

ドアを開けると、さくらがベッドの上で仰向けになりスマホを眺めていた。いつもの曲が流れているということは、お気に入りのスマホゲームをしているのだろう。

ピンク色のカーディガンがだらしなくベッドの下で丸まっている。

私たちの部屋のほとんどを二台のベッドが占めている。あとは共用の机がひとつあるだけ。奥にある収納棚が大きいので不便はない。

「あ、あすかちゃん。お帰りなさーい」

昔から私のことをちゃんづけで呼ぶさくら。お姉ちゃんという呼び方を強要しようと何度も注意して、結局はあきらめた。

「ただいま。ごめんね、遅くなって」

「なんで謝るの？」

「ほら、明日から検査入院だし……」

「別になにか頼んでるわけじゃないでしょ。さっさとご飯食べてきたら？」

さくらの性格はだんだんとおばあちゃんに似てきた。ふたりには口が裂けても言えないけれど。

私に興味をなくしたようにさくらはゲームの世界に戻っていく。

「お母さん、戻れないんだってね」

通学バッグをしまうと、机の上にあるお父さんの写真に心のなかで『ただいま』と伝える。あの思い出の公園で撮影したものらしく、お父さんは桜の木の下で笑っている。

「しょうがないよ、あの人忙しいし」

さくらは昔からあっけらかんとしている。自分の病気が発覚したときですら動揺したそぶりも見せずに平然としていた。私はあの日以来ずっと心がざわつきっぱなしというのに。

「そう、だね」

「あ、思い出した」さくらがスマホの向こうからひょいと顔を覗かせた。

「お姉ちゃん、ゆうべまたうなされてたよ」

「え、また？　ごめん……気になったよね？」

「ゾンビみたいな声出してた。『うう、うううっ』って。また例の悪夢を見たの？」

部屋着に着替える手を止め、重いため息をこぼした。

文化祭の準備で裏山に行ったときに、目の前で崖崩れが起きた。幸いケガはなかったものの、その日以来、自分が地面にたたきつけられる夢をたびたび見る。

砂埃のにおいや体の痛みまで感じる悪夢は、現実の私から体力を奪っていくようだ。

あの夢を見た日は、朝から体調が悪いし気分もすぐれない。

でも、こんな話をさくらにしたら心配かけてしまうだけ。

「昨日は違う夢。それより、入院の準備はもう終わったの？」

ふたつ並んだベッドの間に、旅行に使うピンク色のトランクが置かれている。

「終わったけど、案外持ってくものってないんだよね。病院だとオシャレもできないし、まあスマホがあれば大丈夫っしょ」

画面から目を離さずに忙しく両指を動かしている。

「ねえねえ、この曲いいと思わない？」

「いつもの曲でしょ」

「この曲ばっかり選んじゃう。今、練習してるんだけど、けっこういい感じなんだよ」

さくらは最近ギターを習っている。

「まさか病院にギター持っていくつもりじゃないよね？」

「へ？　ダメなの？」

あきれた。見るとトランクの横にギターケースが置かれている。

「ダメに決まってるでしょ。いくら個室だからといっても、絶対にクレームきちゃうよ」

「えー」とさくらは足をジタバタとさせた。

「せっかく練習できるって思ってたのに」

「それより明日、何時に出るんだっけ？」

「昼過ぎくらい？　お母さんが来ないことにはわかんないよ」

ジャーンと効果音が鳴り、さくらが「やった！」とうつぶせになる。

長い黒髪が中学一年生という実際の学年よりも上に思わせる。昔からそうだった。四歳も違うのに、私が小柄なせいでさくらのほうが姉だと勘違いされることも多い。

「この曲でクリアできるとうれしいんだよね。……って、なに？」

私へと視線を移す大きな瞳に、「え？」と言葉がつっかえる。

「その……入院前だし安静にしてたほうがよくない？」

「おばあちゃんみたいなこと言わないでよね」

「でも、明日から入院するのって初めて行く病院なんでしょう？　ほら、けっこう遠いみたいだし」

これまで診てもらっていた総合病院ではなく、三つ隣の町にある病院に入院すると聞いている。

「お母さんの運転で行くから関係ないじゃん。あすかちゃんは心配しすぎなんだよ」

「……ごめん」

「そっちこそ早くご飯食べてお風呂入っちゃいなよ。今日もうなされたらそれこそ迷惑なんだけど」

私に背中を向けると、さくらはゲームを再開したらしい。くぐもって聞こえる音楽までも私を拒絶しているみたいに感じる。

トボトボと台所へ戻り、テーブルに着く。

「いただきます」

おばあちゃんの作る食事はいつも同じような味。薄く味がついているだけの煮物が中心。今日は高野豆腐と筑前煮、キュウリとイカの酢の物だ。

明日からの入院……大丈夫かな。

心臓弁膜症というのが、さくらにつけられた病名だ。心臓で血が逆流しないようフタの役割を担っている弁のひとつが機能しなくなっているそうだ。

去年、心臓の雑音により発見され、自覚症状がないことから様子を見ていたけれど、三カ月前から胸の痛みを訴えるようになってきた。

明日からさくらは新しい病院で検査入院をし、その後手術をする予定だ。

「おばあちゃん、あのね――」

「食事中にしゃべらない」

ピシッと言われてしまった。

食欲もないのに無理しておかずをかきこむと、お茶で流しこんだ。

おばあちゃんが向かいの席に着くのを確認してから口を開く。

「さくら、大丈夫なのかな」

お茶を淹れ、おばあちゃんの前に置く。

「どこか痛いって？」

「ううん。元気にゲームしてた」

「だろうね。おばあちゃんにもにくまれ口をたたいていたよ。あんなにかわいい顔をしているのに、まるで愛想がないんだよ。この間だっておばあちゃんが滋養強壮のサプリをあげようとしたのに、受け取りもしないし」

ああ、ヘンな色の瓶に入ってるやつだ。私ももらったけれど飲まずにしまってある。

「そうじゃなくてね、さくらの病気って本当に手術で治るの？」

部屋のさくらに聞こえないよう声を潜めて尋ねた。おばあちゃんの耳には確実に届いているはずなのに、お茶を飲み、ほうと息を吐いている。

もう、と恨めしい目をしても澄ました顔のまま。

「だってね」私もため息を落とした。

「『絶対成功するとは言えない』ってお医者さんに言われたんでしょ？　そりゃそうだよね、心臓の手術なんて大変だし。お母さんに聞いてもちゃんと答えてくれないんだよ。おばあちゃんはなにか聞いてる？」

「いや、聞いてないね」

いつもこうだ。うちの家族は当事者であるさくらも含めて、誰も問題に向き合おうとしない。

「百パーセント成功するとは言えないなら、万が一ってこともあるでしょう？　なのにどうして誰もちゃんと話をしようとしないの？」

「ああ、もう……」

「おばあちゃんはさくらのこと心配じゃないの？　お母さんはこんな日まで残業して、そんなの――」

「うるさい！」

バンッとおばあちゃんがテーブルをたたき、私の前にある湯呑が震えた。

……びっくりした。

「ピーチクパーチクうるさいったらありゃしない。その説明は何度もされたろうに。あすかが気にしてもしょうがないこと！」

「しょうがなくなんかない。だって、だって……」

食いさがる私に、おばあちゃんは聞こえよがしにため息をつく。

「さっきも言ったように、お母さんのことはおばあちゃんがきちんと叱っておいたから。でも、病院代が大変なのはあすかだって理解しなくちゃね。お母さんだって心配してるんだよ」

本当にそうなのかな……。私だったら、なにをおいてでも心配で駆けつけるのに。

「くだらないことは考えない。もうすぐ文化祭があるんでしょう。そっちに集中していなさい」

おばあちゃんは「ご馳走様」と言ってソファに戻っていく。

もう……誰も私の話なんて聞いてくれない。

「文化祭なんてどうでもいいよ……」

つぶやく声はボリュームをあげたテレビの音に消されてしまった。

重い気持ちを引きずったまま食器を洗ったあとお風呂に入った。なんだかひとりで心配しているみたい。

髪を乾かしていても頭にあるのは明日の入院のことばかり。鏡に映る自分があまりにも無力で悲しくなる。

おばあちゃんに声をかけてから寝よう。居間へ向かうと、ドア越しににぎやかな笑い声が聞こえてきた。ソファにおばあちゃんとさくら、そして松岡《まつおか》さんが座っていた。

「お、あすかちゃん。こんばんは」

松岡さんが私に気づき片手をあげた。笑うと目がカーブを描き、彼を年齢よりもより若く見せる。

「こんばんは。松岡さん、来てたんだ」

さっきまでの重い気持ちがどこかへ飛んでいった。

「仕事帰りにちょっと寄らせてもらったんだ。さくらちゃん明日から入院だし、事前見舞いを、と思ってね」

ソファの上にはさくらの好きなマカロンが広げてある。

「まっちゃんってあたしのこと大好きだもんね～」

オレンジ色のマカロンをほおばりながらさくらが言った。

「はいはい、大好きでございます」

「全然心がこもってないし。あすかちゃんももらいなよ」

はしゃぐさくらがいつもよりあどけなく見える。

松岡さんは四十五歳。おばあちゃんの勤めていた病院で長年部下として働き、今ではあとを継ぎ看護師長を務めている。昔から家にもよく遊びに来ていて、『僕たちは親友なんだ』と年齢を越えた友情を口にしていた。

「じゃあいただきます。松岡さんいつもありがとう」

「この家でお礼を言ってくれるのはあすかちゃんだけ。このふたりは僕よりも土産にしか興味ないから。こないだのクッキーなんて酷評すぎて落ちこんだよ」

マラソンが趣味で、スリムな体型は昔から変わらない。童顔のせいで、私にとっては歳の離れた兄みたいな存在だ。

「そんなことないって。おばあちゃんもさくらも感謝してると思うよ」

フォローを入れると、おばあちゃんが「まあ」と肩をすくめた。

「女しかいない家だから、警備員としては重宝しているね」

「もう、美智代《みちよ》さん素直じゃないんだから」

おかしそうに笑う松岡さん。おばあちゃんの名前を耳にするのは松岡さんが来たときくらい。ふたりを見ていると漫才を見ているようで楽しい。私が臆せず話せるのは、松岡さんくらいだ。

「じゃ、あたしは先に寝るね。まっちゃん、またね」

さくらがそう言い、松岡さんもいつものように「おやすみ」と言った。

「お見舞いに行くよ」

「来てもいいけど、部屋には入らないで。お土産だけ看護師さんに預けておいてくれればいいからね」

憎まれ口をたたくさくら。まあ、入院中の姿を見られたくないのは少しわかる。

ドアの向こうにさくらが消えるのを確認してから、私はそっと松岡さんに顔を近づけた。

「さくらが明日から入院する病院のこと、なにか知ってる？」

「いい病院だよ。名医がそろっているだけじゃなく、心臓病治療においては日本一って言ってもいいくらい有名なんだ。機器も最新のものを積極的に採用しているから大丈夫だよ」

「絶対成功するとは言えない、って……」

「医者は最悪の事態を想定して口にするからね。検査結果がよければ、人工の弁を使わなくてもいいみたいだし、きっと大丈夫だよ」

ああ、やっと聞きたかった答えを言ってくれる人がいた。

胸をなでおろす私のそばで、おばあちゃんがふんと鼻を鳴らした。

「ようやく安心した様子だね。この子は最近その話ばっかりだったから、徹生《てつお》が来てくれてよかったよ」

「そこは美智代さんが安心させてあげないと。だよね？」

いたずらっぽい目をする松岡さんに大きくうなずき返した。

「おばあちゃん、私が聞いてもすぐにシャットアウトするんだよね。昔からそうだったの？」

「そこは変わらない。三つ子の魂百までだから、あと三十四年間は我慢するしかないね」

「うるさい。実のある話をしないあすかが悪い」

毅然と反論するおばあちゃんを見て、松岡さんがクスクス笑う。

明るくて頼もしくてやさしい松岡さんだけど、彼には悲しい過去がある。二十代の頃に奥さんを病気で亡くしているそうだ。それ以来、独身を貫いているとおばあちゃんから聞いている。

しばらくたわいのない話をして、松岡さんは帰っていった。明日は夜勤で出勤が遅いらしく、今夜は家で映画のＤＶＤを見まくるそうだ。

部屋に戻るとさくらは寝てしまっていた。あどけない寝顔を見てから、私もベッドにもぐりこんだ。さっきまでの不安は少しだけ弱まっている。

明日、無事に入院できますように。

願いごとを心でつぶやいて、今日は私も眠ろう。


今日は遅刻ギリギリで学校に到着した。

息も絶え絶えに教室に入り、自分の席に座る。

ああ、なんとか間に合った……。曇る眼鏡を拭いてひと息ついていると、亜衣が目を丸くしてやってきた。

「あすかがこんな時間に登校するなんて珍しいな。なにかあった?」

「ちょっと寝坊しちゃって……」

息を整えながらなんとか答えた。

朝方、さくらの具合が悪くなった。胸の痛みを訴え、おばあちゃんを呼びに行ったのが四時半頃。すぐに痛みは消えたようだけれど、それ以来ずっと不安に支配されている。

学校に来ている場合じゃないのに、最終的にはおばあちゃんに追い出されるように家を出た。

なんとか間に合ったけれど、頭のなかはさくらのことでいっぱいだ。本当は今すぐにでも帰りたい。

「しかし、うちのクラスのおっとり具合はやばいよな。このペースで準備して文化祭に間に合うと思う?」

亜衣にはさくらのことも、うちの複雑な家庭環境についても説明していない。

「どうだろう……」

「今日も遅くなるんだろうな。お菓子をたくさん持ってきたからお腹すいたらいつでも言ってな」

今日は無理、と言う前にチャイムが鳴りはじめ、亜衣が自分の席へと戻っていく。学校が終わったら電車に乗り、さくらの入院する病院へ行くつもり。初めて行く病院だから迷わないか心配だ。

文化祭の準備のために残ることはできない。なにか理由をつけて断らないと。

今頃さくらはどうしているのかな。また具合が悪くなってないといいけれど……。

「ああ……」

机に伏せるようにつぶやくと、

「問題か？」

と、聞きなれない声がした。

見ると、隣の席の転校生が私をじっと見つめていた。名前はたしか……柱谷？　そう、柱谷蒼杜くんだ。長めの黒髪に、鋭い目の彼とはまだしゃべったことはない。

このあたりにはない学ランを着ているせいで、クラスでもすごく目立っている。偶然にも、文化祭で男子は学ランを、女子は着物を着ることになっていて、ひと足先にコスプレをしているみたいに見える。

「え……なんでも、ない……です」

「そうか」

柱谷くんはプイと横を向いてしまう。

転入してきてすぐの頃は、勝手に仲間意識を持っていた。柱谷くんは誰ともしゃべらなかったし、心を許していない感じがしたから。

けれど日を追うごとに、神人さんを中心としたクラスメイトと少しずつ打ち解けている。

私にはできないこと。彼もまた、孤独じゃなかったんだ。

先生が来るまでの間、そっとスマホを見た。ひょっとしたらさくらから連絡が来ているかもしれない。ラインのアプリに①の数字が表示されている。開くと、松岡さんからメッセージが届いていた。

【おはよう。さくらちゃんは大丈夫だから、学校がんばって】

そういえば今朝、パニックになってしまい、朝方というのに松岡さんに電話してしまった。出勤前に見に来てくれると言っていたから、安心させようとメッセージをくれたのだろう。

……本当のことかな。ひょっとしたらまた具合が悪くなったのでは？

昨夜の安心感は消え失せ、吐きそうなほどの不安に支配されている。

松岡さんのやさしさをも疑ってしまう。そんな自分のことが、私は世界でいちばん嫌いだ。

「雨だ」

誰かがそう言い、口々にだるそうな声があがった。

この席から空は見えないけれど、降りだした雨はあっという間に激しい音を立てはじめた。

昼休みになるのと同時に、女子トイレに駆けこんだ。奥にある個室は、外にいるみたいに雨音が何層にも重なり響いている。

スマホには誰からのメッセージもない。病院までは車で一時間はかかるから、きっともう家を出ているだろう。

LINEでさくらにメッセージを送っても既読にならないまま。お母さんに電話をかけても電源が入っていないらしく通じない。

「ああ……」

一時限目、二時限目と、時間が経つごとにどんどん胸が苦しくなってきている。今日は検査をするだけなのに、悪い想像ばかりが授業中も頭をよぎり、それに埋め尽くされている。

異常が見つかって緊急手術になったらどうしよう。

もしも、さくらに二度と会えなくなったなら……。

そんなこと考えちゃいけない、と自分を戒めるそばから悪い予感ばかりが浮かんでくる。

手を洗ってから廊下に出ると、急にめまいに襲われた。体に力が入らず、壁に手をついて支える。ひんやりした感触にギュッと目を閉じると、さくらの笑顔が映し出される。

私が弱ってどうするのよ。しっかりしなくちゃ……。

「大丈夫？」

目を開けると、神人さんが心配そうに私を覗きこんでいた。

「……あ、うん」

「そっか、大丈夫じゃないんだね」

戸惑う間もなく、神人さんは私の腕を支えるようにして歩き出すから驚いてしまう。

「あの……大丈夫だから」

「そうだよね。少し休んだほうがいいと思う」

そう言って神人さんは教室とは逆の方向に進んでいく。向かっているのが保健室だと気づいたのは、一階まで来たときだった。

神人さんは保健室のドアをノックしてからなかに入る。先生も昼休み中なのだろう、保健室には誰の姿もない。

神人さんが、やっと解放してくれた。

「少し休んだほうがいいよ」

「……………」

断ることはできたはず。だけど、私は言われるがまま上靴を脱ぎ、ベッドに横になっていた。

気持ちではがんばるつもりでも、体が休むことを切望している。そんな感じだった。

枕に頭をのせると、神人さんはやさしくほほ笑み、ベッドを囲むカーテンの向こうへ消えた。

「じゃあ、あとで声をかけるね」

「あ……待って」

思わず声をかけてしまった。

神人さんはひょいと顔を覗かせると、近くにあった丸椅子に腰をおろした。

自分から声をかけておいて、なにを話していいのかわからない。薄い布団をあごのところまで持ってくると、「あの」と言葉を続けた。

「神人さんって……こんなに……」

「積極的だった？　ってことだよね。それ、最近すごく言われるんだよ」

照れた顔で神人さんは私の言おうとしていることを汲んでくれた。

「前とはなんだか違う人みたい」

「自分ではよくわからないんだよね。ほら、人って自分のことは他人からの評価でしかわからないから。私は〝夢見がちな由芽〟だったし、それは今も変わってないような気がするんだけどな」

「でも……前はこんなふうにたくさんしゃべらなかったし」

そう言うと、神人さんはパッと顔を輝かせた。

「あすかだって同じだよ。最近はたくさんしゃべってくれるもん。私たちって日々、進化しているのかも」

どこまで冗談かわからないことを言う神人さん。

私が変わった……？

「そんなことないよ。私は、ずっと……変われない。変わりたいけど、変われないんだよ」

ザーッと雨の音が保健室に入りこんでくる。これ以上、雨音に負けたくなくて「あのね」とお腹に力を入れた。

「今日……妹が入院するの」

神人さんは言葉に出さずに口を『え？』の形にした。

「心臓の病気でね。検査入院をしたあと手術をする予定なの。だから、最近ずっとそのことで頭がいっぱいで……。やっと今日入院なのに、朝から具合が悪くなって——」

勝手に口が吐露《とろ》しているみたい。お腹のなかにあるモヤモヤが涙に変換されていく。

「誰もが『大丈夫』って言う。だけど、ひょっとしたらっていう悪い考えばかり浮かんじゃうのを止められないんだよ。なんでこんな話……由芽だって困るよね。ごめん」

洟をすすり、涙を布団で隠した。

「謝らなくていいよ。大変だったんだね」

神人さんのやさしい声が聞こえる。

「私じゃなくて、妹のほうが大変だから……」

「ねえ、せっかくだから、心のなかにあるものを吐き出してみない？」

「え……？」

布団を鼻のところまで下げると、神人さんはさみしそうにほほ笑んだ。

「前は私も言いたいことを口にできなかった。きっとわかってもらえないと決めこんでいたし、クイズに答えるみたいに正解の言葉ばっかり探してた」

「それ……すごくわかる」

「でも、友だちならわかってくれるんだよ。前にも言ったけど、私はあすかと友だちになりたい。迷惑じゃなかったら、今思っていること、なんでも話をしてほしい」

思っていること……。

頭のなかにあるのはさくらのことばかり。あとはおばあちゃんのこと、それに――。

「うち、シングルマザーでね……。お母さんは仕事が忙しくて、会社の近くにアパートを借りてるの。私たちはおばあちゃんの家にいて、そこにはたまにしか帰ってこないんだよ」

一度話しだすと、モヤモヤした膿《うみ》みたいなものがどんどん言葉に変換されていくようだった。

「お母さんのこと、嫌いじゃないんだよ。だけど、いつも仕事仕事ってそればっかりで。さくらの……あ、妹の名前なんだけど、入院前くらいは帰ってくるべきだと思うの」

神人さんは「そう」と言い、脇にある台からティッシュを渡してくれた。

「それじゃあ苦しいよね」

涙を拭くと、ぼやけて見えていた神人さんにピントが合った。

「わかってる。お母さんだって苦しいこともわかってるの……。寝る間を惜しんで働いていることも知ってる。なのに、私はさくらを心配することしかできない。そんな自分が情けなくて……」

お母さんに『大学には行かなくていいよ』と言ったことがある。お母さんが本気で怒ったのをそのときに初めて見た。そこでお母さんがダブルワークをしていること、お父さんの死亡保険金は全額貯金していることを知った。

『あすかの進みたい道を選びなさい。それがお母さんの望みなのよ』

まっすぐに私を見つめる瞳を今も覚えている。それなのに、さくらに会いに来ないお母さんにいら立ってしまう自分が悲しくてたまらない。

「ねえ、あすか、私から提案があるんだけど」

神人さんがいいことを思いついたように白い歯を見せた。

「……提案？」

「心配は解消しないと、ずっとモヤモヤするでしょう？　だから、さくらちゃんに会いに行くの」

自分で言いながら納得したように、神人さんは何度もうなずいた。

「学校なんて早退しちゃえばいいんだよ。私からうまく言っておくからさ」

きょとんとしている間に神人さんは私の眼鏡を奪い去った。

「ただし、少し寝てからね。今のままだと事故に遭いそうで怖いし。これはあとでお返しします」

「……どうして？　どうしてそんなにまでしてくれるの？」

そう尋ねると、ピントの合わない世界で神人さんが笑ったように見えた。

「あすかの力になりたいから。それに、無意識だと思うけど、さっき私のこと名前で呼んでくれたし」

「え、そうだっけ……？」

「先生には風邪ってことで説明しておくね。荷物とか持ってくるから、とにかく今は休んで」

そう言うと神人さんは保健室を出ていってしまった。

私、神人さんのことを名前で呼んだの？　意識していなかったことに自分でも戸惑ってしまう。

保健室の白い天井に目をやると、心が落ち着くのを感じる。

神人さんに話ができてよかった。誰かに話をすることで心って軽くなるんだね……。

ふいにあたりが暗くなっていく気がした。雨音はさっきよりもやさしく、私のまぶたを閉じる魔法のよう。

「──時間旅行が」

その声は、眠りと覚醒《かくせい》の狭間で耳に届いた。

ゆっくり目を開けると、さっきと変わらない天井がある。

そっか、保健室で休ませてもらっていたんだ。今って何時くらいなのだろう。眼鏡は神人さんが持ってるのかな……。あ、神人さんじゃなくて由芽、だ。そう呼んでもいいのかな。

「だからさっさと話せばいいだろ」

聞き覚えのある声がする。これは……柱谷くん？

「大きな声出さないで。今は——」

「十月が終わるまでに——」

「でも、妹さんのことが——」

もうひとりの声は神人さんだ。

「いきなり時間を越えられるなんて信じられるはずが——」

「信じなければそれでいい——」

ふたりはなんの話をしているのだろう。私はまだ夢を見ているの？

目を閉じて耳を澄ましても、それ以降ふたりの声はしなくなった。ゆっくりと体を起こすと、もうめまいは消えていた。ポケットからスマホを取り出して確認すると、さっきからまだ二十分しか経っていない。

そのときだった。保健室のドアが勢いよく開く音がしたかと思うと、足音が近づきカーテンが開けられた。

そこには亜衣が立っていた。

「……え、亜衣？」

「ほら起きて。行くぞ」

私の眼鏡を差し出す亜衣。

「行くってどこへ？」

慌てて装着すると、亜衣の顔がはっきりと見えた。なぜか私のカバンを持っている。

「病院に決まってるだろ。ほら早く早く」

せかされるようにベッドからおりると、亜衣は私の腕を持ち廊下を歩き出す。今日はやけに連行スタイルが多い。

昇降口に着くと、亜衣が自分も下靴に履き替えたから驚いてしまった。

「え、亜衣も行くの？」

よく見ると、自分の通学バッグを亜衣は肩に下げている。

ニヤッと不敵な笑みを浮かべた亜衣が、堂々と外へ出たので追いかけた。雨はまだ降り続いているのに、亜衣はカサを差さずにどんどん歩いていく。

「ダメだよ。亜衣にまで早退させるなんて――」

亜衣が、足を止めふり向いた。

「ウチ、ちょっと怒ってるんだけど」

言葉とは裏腹に、雨を背にした表情がさみしく見えた。

「え？」

「あすかが心配で保健室に来たんだよ。そしたら、由芽に妹のことを相談してた。立ち聞きするつもりはなかったけど聞こえちゃってさ。正直に言うと、けっこうショックだった」

亜衣はバッグから折り畳みカサを取り出した。黒いカサを開くと雨の跳ねる音がすぐ近くでした。

「……ごめん」

「別に謝ってほしいわけじゃないし。怒ってるっていうか、悔しいだけ」

「うん……。自分でもよくわからないんだけど、気づいたら話をしちゃってた」

そうだよね、亜衣がそう思うのも当然だ。

しょげる私の肩を亜衣が強く抱いて歩き出す。

「今度はウチが聞く番。病院までつき添うことになってるから安心しなさい。ほら、行こう」

亜衣の背は大きく、見あげる形となる。

真っ先に亜衣に相談すべきだった。情けなさに落ちこみながら、私は家のことを話しはじめた。

揺れる電車のなかで、私たちは注目を浴びている。

ギョッとした顔で見られたり、コソコソと話をされているのがわかる。

「そうだった……ウグッ、のか。色々……ウウ、大変だったんだあ」

それは、亜衣が人目もはばからず号泣しているから。

「亜衣、落ち着いて。みんなが見てるから……」

「どうでもいいだろ。あすかが大変な思いをしているのに、ウチはしょーもない焼きもちを……ウウウ、焼いて。ああ、なんて情けない」

「そんなことないって」

「いいや、そんなことある。大事な友だちの悩みを……ウグッウグッ、知らないなんて、ウエッ」

過呼吸みたいになっている。目的の駅に着いたので、亜衣を引っ張っておりた。

改札を出てもまだ泣きやまない亜衣と、病院への道を進む。たぶんこっちの方角だったとお母さんに聞いた気がする。

雨はもうほとんど降っておらず、カサも必要がないみたい。

やっと落ち着いたらしく、亜衣は照れたように笑った。

「実はウチ、めっちゃ泣き虫なんだよ。しかも、一度泣いたらなかなか泣きやむことができない」

「さっきのでよくわかったよ」

「もっと言うと、趣味は少女マンガを読むこと。あと、アクセサリー集めもかな。

キャラじゃないのはわかってるけど、キラキラしたものが昔から好きなんだよな」

それは意外だった。部活に命を懸けているイメージだったし、マンガの話もしたことがない。

「まだあるよ。実はウチの家族って四人兄妹でさ、兄がふたりでウチ。もうひとり歳の離れた弟がいるんだけど、それは母親の再婚相手との間にできた子どもでさ。でも、めっちゃ溺愛してる」

「え……そうだったんだ」

次々に明かされる事実にうまく返事ができない。

「つまりさ」と、亜衣は雨を確認するように手のひらを上に向けた。

「ウチも全然あすかに自分のことを話してこなかった。でも、もう隠しごとはやめる。あすかも同じようにして、とは言わないけど、これからは話したいことは話すことに決めたんだ」

「亜衣……」

「あすかともっと仲良くなりたい。ずっと思ってたんだよ、これでも」

涙目の亜衣に、胸が熱くなる。でも、私は自分のことが好きじゃない。ダメな自分を見せるのが怖い。

「でも、私……かなりネガティブだよ？」

「知ってる」

「言いたいこともあんまりうまく言えないし」

「それも知ってる」

亜衣が大きく背伸びをした。

「でも、ウチはあすかのことが好きだから遠慮しないつもり」

そう言うと亜衣は足を止めた。遅れて足を止めると、亜衣はにっこり笑っていた。

「病院はその角を右に曲がったところ。アプリの地図で調べたから合ってると思う。ウチは学校に戻るからがんばって」

「うん……」

「また月曜日に会おう」

そう言って、亜衣は駅への道を駆けていく。

本当はお礼を言いたかった。私もなんでも話をする、って言うべきだった。

次に会ったら、ちゃんと伝えるから。

こんなに冷たい空気のなか、心がポカポカと温かい。きっと、亜衣がくれたプレゼントなんだね。

角を曲がると、病院へ道が続いている。大きな門の向こうに病院がそびえ立っていた。

しっかりしろ、と自分に言い聞かせる。いちばんつらいのはさくらだ。笑顔で会わないでどうするの。

決意を胸に敷地内へ足を踏み出すとき、亜衣がくれた勇気をたしかに感じた。

七階にある個室のベッドに寝ころび、さくらはいつものようにゲームをしていた。

私を見たとたん、あきれた顔になる。

「まさかの早退？」

「具合が悪くなってね」

「は？」

パタンとスマホを置くと、長い髪を引きずるように体を起こす。

「だったら来ないでよ。あすかちゃん、あたしは病気なの。移ったらどうすんのさ」

今朝の具合の悪さが嘘だったみたいに悪態をついてくる。

「貧血を起こしただけだから大丈夫。そっちこそどうなのよ」

「あたしは平気。夜勤前なのに、まっちゃんが病院につき添ってくれたんだよ」

ニヒヒと笑うさくら。そのときになってお母さんがいないことに気づいた。

「お母さんは？」

「ああ、結局仕事がトラブっちゃって来られなかった。まっちゃんの車のほうがランクが上だし、なんにも問題なし」

そんなの……ありえないでしょ。さくらの入院よりも大切な仕事ってなんなのよ。

さっき反省したばかりなのにまたイヤな感情がムクムクとこみあがってくる。

ドアがノックされた。松岡さんが私を見て目を丸くしている。

「あれ？」

「早退したんだってさ。まっちゃん、学校に送ってあげてよ」

さくらがそう言うから、慌てて首を横にふった。

「私は大丈夫。松岡さん、さくらのこと本当にありがとう」

「いやいや。お母さんも大変だし、僕にできることならなんでも」

みんなどうしてお母さんをかばうんだろう。なんだか私だけ、反抗しているみたいな気分だ。

「佐々木さん」と、看護師さんが顔を出した。

「これから検査だけど行けそうかな？」

「はい。行けます」

スマホを手にさくらはスリッパを履いた。私の横まで来ると、さくらは足を止めた。

「あすかちゃん、普通にしててくれる？」

「普通？」

「あまり心配されると、自分が本当にヤバいって思っちゃうからさ。あすかちゃんは自分のことを心配すること。てことで、もう帰っていいからね」

スタスタ部屋を出ていくさくらになにも言えなかった。

亜衣にもらったはずの勇気は泡のように消え、言われた言葉が鉛のようにのしかかっている。

力なくベッドに腰をおろすと、松岡さんがオロオロと隣に座った。

「大丈夫？　ほら、あすかちゃんもナイーブになってるからさ」

「……でも、当たってるな、って」

こんな状況でも笑みを浮かべる自分が不思議だった。

「さくらが言うように、私ひとりだけが普通じゃない。でも、妹が大変なときに普通になんてできない。どうやっていいのかわからない」

「うん。そうだよね」

「お母さんだって、昨日も今日も顔を見せないなんて信じられない。なんで来ないの？　なんで……」

うごめく感情がどんどん大きくなっていくのがわかる。

「お母さんもね、すごく来たがっていたんだよ。だけど、さくらちゃんが『来ないでいい』って言い張ったんだって。さっきみたいに『普通にしてて』って。あすかちゃんの家族は、みんながお互いを不器用に想い合ってるんじゃないかな」

松岡さんはいつでも私にやさしい。松岡さんだけじゃない。亜衣だってこんな私のことを理解しようとしてくれている。

お母さんもきっと同じだ。勝手にヘンな想像をふくらませている私のほうが問題なのかもしれない。

ベッドから立ちあがり、松岡さんに頭を下げた。

「ヘンなことを言ってしまってすみません。私……がんばります。さくらに心配かけたくないから、今日は帰ります」

「じゃあ送っていくよ」

「松岡さん今日は夜勤でしょ。がんばってね」

複雑な感情が漏れないよう、強引に笑みを作ってみせた。


土曜日も朝から雨が降っている。

隣のベッドにさくらはおらず、きれいに折りたたまれたかけ布団がさみしい。

文化祭まであと一週間しかないけれど、この土日は準備が終わっていないグループだけが登校するそうだ。

さくらは今頃なにをしているのだろう。亜衣はもう起きたのかな。松岡さんは無事に夜勤を終えただろうか。

目が覚めるたびに誰かのことを思い浮かべる。

「……自分のことを心配する」

昨日、さくらに言われたことは、新たな傷として心に刻まれている。

わかっている。さくらはただ心配してくれているだけだ、と。

重い気持ちで体を起こし、着替えをした。眼鏡をつけてから部屋を出ると、すぐに違和感に気づいた。

土曜日は、おばあちゃんの好きなテレビ番組が朝から昼過ぎまで続く。なのに、居間から音が聞こえない。

ドアを開けると、台所のテーブルにおばあちゃんが着いていた。向かい側にいるのはお母さんと――。

「松岡さん？」

「やあ、おはよう」

夜勤明けで寝不足なのだろう、目の下に隈を濃くした松岡さんがほほ笑んだ。さっき考えたところだったので驚いてしまう。

「あすか、ちょっと話をしたいの」

松岡さんの隣に座るお母さんが空いている席を手のひらで示した。休日出勤なのだろうか、仕事用のスーツを着ている。

「え……なに？」

意味がわからないまま腰をおろすと、おばあちゃんがお茶の入った湯呑を私の前に置いた。これまで感じたことのない緊張感が場を支配している。

「ひょっとして……さくらになにかあったの？」

三人を見回すと、お母さんが「まさか」と笑った。

「昨日会いに行ったら、すごく元気そうにしてた。結局すぐに追い返されちゃったけどね。先生の話では検査結果もいいし、すぐにでも手術ができそうなんですって」

「でも……」

じゃあどうして？　渇いた喉をお茶で湿らせて、お母さんの口元に集中する。

「こら、姿勢が悪い」

おばあちゃんの叱責に背筋を伸ばすと、松岡さんと目が合った。が、すぐに恥じるように松岡さんは目を伏せ、しばらくテーブルとにらめっこしたあと口を開いた。

「あすかちゃんに話があるんだ」

そしてまた、沈黙。

そのときになり、松岡さんもまたスーツ姿であることに気づいた。たいていジーパンかジャージ姿なのにどうしたんだろう。あれ、昨日病院で会ったときはどんな格好をしてたっけ……。

おばあちゃんは黙ったままじっと前を向いている。まるで彼がなにを言おうとしているのか、知っているように思えた。

「僕は」と、松岡さんが意を決したように言葉を発した。

「今から二十年前に妻を亡くした。そのことは知ってるよね？」

想像もしていなかった話に「うん」とうなずくと、少し緊張が解けたのだろう、松岡さんが体の力を抜くのがわかった。

「病気がわかってから、僕は自分を責め続けた。気づくことができたはずなのに、って後悔ばかりをくり返した。看護師なのになんにもしてやれなかった自分が情けなくてね。それからは美智代さんのもとで必死になって働いたんだ」

ああ……。なんとなく、松岡さんが言おうとしていることがわかってきた。イヤな予感が足元から這《は》いあがってくるようだ。

「五年くらい前になり、やっと生きていることを実感できたんだ。それは、美智代さんのおかげでもあるし、この家族との出会いでもある」

イヤだよ。こんな話聞きたくない。

私の願いも知らないで、松岡さんがお母さんと目を合わせてうなずいた。

「僕は君のお母さんである恵理子《えりこ》さんとおつき合いさせてもらっているんだ」

——私は今、どんな顔をしているのだろう。

視点を下げると、両手で湯呑を握りしめているのが見えた。離そうとしても、なにかにつかまっていないと壊れてしまいそうで。

「いつか話さなくちゃいけないと思っているうちに、さくらちゃんの病気が発覚してしまって……」

最後のほうはよく聞こえなかった。

「あすか」と、お母さんが言った。

「黙っててごめんね。だけど、ちゃんと話をしたいって思ってたの。徹生さんと話し合って、さくらが手術する前に本当のことを言おうって、ね？」

動揺を隠すための早口は、なんだか滑稽《こっけい》だった。お母さんは松岡さんとまた視線を絡ませている。おばあちゃんは——なにも言わず、まっすぐに前を見つめたまま。

そっか、そうだったんだ……。

私を覗きこむようにお母さんが上半身を折った。

「違うのよ。再婚するとかじゃないの。ただ、あすかにはきちんと話を——」

こういうときに自分がどんな反応をすればいいのかはわかっている。理解を示しうなずくだけ。

それだけでいいのに、そうするべきなのに――気づけば立ちあがっていた。

「……なによそれ」

自分でも聞いたことのない低い声が漏れた。

「あすか」

叱るように私を呼ぶおばあちゃんを無視した。

「仕事で忙しいなんて嘘をついて、松岡さんと会ってたんだ」

「違うのよ。あのね、あすか――」

普段はクールなくせに、なんでこんなときだけ懇願するような目で私を見るの？

「松岡さんだって、お母さんとつき合ってるから私たちにもやさしかったんだね。『さくらが手術する前に』ってどういう意味？　万が一のことがあっても後悔しないようにってこと？　不謹慎なこと言わないでよ！」

湧きあがる感情をそのまま言葉にしたせいで支離滅裂になっている。

こんなふうに怒りをぶつけたことがなかったから、誰もが……ううん、私自身がいちばん驚いている。

「おばあちゃんも知ってたんだよね。みんなして、なにやってるの？　こんな話……聞きたくない。聞きたくなかったよ！」

「あすか！」

腕をつかんできたおばあちゃんの手は、あっけないほど簡単にふりほどけた。お母さんも松岡さんも、なんで傷ついたような顔をしているの？

私がどんな傷を負っているかなんて誰にもわからない。結局、私はずっとひとりぼっちだったんだ。

財布とスマホを手にして、そのまま家を飛び出した。

走り出してすぐに雨の存在に気づいたけれど、それさえどうでもいい。

まるで世界にひとりぼっちのような気持ち。ううん、本当に私はひとりなのかもしれない。

頬が濡れているのは、雨のせいだけじゃなかった。

亜衣は、私の顔を見るなり持っていたボードを放り投げて駆け寄ってきた。

「ちょ、大丈夫!?」

オロオロしてスカートのポケットからハンカチを取り出すと、私の顔を拭いてくれた。

行く当てもないまま町をふらつき、亜衣にＬＩＮＥしたところ、【学校で準備してる】と返事が来たのでここまで会いに来た。

土曜日なのにたくさんの生徒が文化祭の準備をしていて、美術室の前でようやく亜衣に会えたところ。

前みたいに泣くかな、と思ったけれど、亜衣は美術室で最後まで私の話にうなずいてくれた。

「そんなことがあったんだ。そりゃ怒って当然だって」

「ヘンな話をしてごめんね。あとこれも、ごめん」

濡れた体を拭いたせいでハンカチはびしょ濡れになってしまった。

「ウチに気を遣わないこと。むしろ話をしてくれて、あすかには悪いけど、めっちゃうれしいんだから」

同級生なのにお姉さんみたいだな、と思った。腕を組んだ亜衣が宙をにらみつけた。

「その男……なんだっけ？」

「松岡さん」

「そう、そいつ。マジでむかつくよな。なんだよそれ、ふざけんな！」

私よりも怒りを露《あら》わにしてから、亜衣は「でもさ」と続けた。

「話を聞く限りでは一グラムくらいは理解できるところもあるんだよな」

悔しそうな顔で言う亜衣に、

「え……どこが？」

ついムキになってしまう。

「だってさ、おばさんが仕事で忙しいときに顔を出してくれてたんだよな？　それって、おばさんのことを想っての行動にも思えるけど、あすかたちのことも考えてくれてるように思える」

言われて気づいた。なにかにつけて松岡さんは顔を出してくれていたけれど、お母さんがいる日には来たことがない。ふたりが一緒にいるところを見るのは、今日が何年かぶりのことだった。

「まあ……たしかにそうだよね」

不承不承でうなずくと、「あ！」と亜衣が私の手を握った。

「だからって許したわけじゃないよ。あすかを傷つけたのは許せない。そもそも、おばあちゃんだってひどくない？　絶対に知ってたくせして黙っていたんだよ」

しゃべりながら怒りが増してきたのか、亜衣は顔がどんどん赤くなっている。

逆に私は少しずつ落ち着きを取り戻している。

「ウチ、今からあすかの家に行く！　そいで家族にハッキリ言うよ。『あすかを傷つけたら許さない』って」

「待って。それじゃ、もっとややこしくなっちゃうよ」

鼻息荒い亜衣が、ハッと我に返った。

「まあ、たしかにそっか……」

それでも亜衣が本気で怒ってくれてうれしい。誰かにわかってもらえることがこんなに心強いって知らなかった。

「なんだか不思議。人に話をすることで、整理できることってあるんだね」

「その相手に選んでくれてうれしい」

私は……亜衣に頼ってばかりだ。自分に自信がないことはわかっていても、いつか亜衣に頼られる自分になりたいと思えた。

「やっぱりここにいたのか」

声にふり向くと、開けっ放しの扉の前に佐鳴くんが立っていた。作業が多いからか、今日は体操服を着ている。

「みんな探してるぞ。ボード持ったままで行方不明とか、マジ勘弁」

「あ、忘れてた。あすか、ちょっと待ってて。すぐに戻るから。三十分……いや、一時間くらい！」

ボードを手に慌てて出ていく亜衣を見送ったあと、佐鳴くんはため息をついた。

「あいつっていつも一生懸命だけど、たまに抜けてるよなぁ」

「それが亜衣のいいところだよ」

私の言葉に佐鳴くんはうれしそうに目を細めた。

「でも、佐々木さんのこと、いつも心配してるんだぜ。今日も朝から『あすか元気かなぁ』って何回も言ってたし」

「心配ばっかりかけてる気がする」

「いいんじゃね。誰が誰をどう想おうと、俺たちは自由なんだし」

穏やかな声が心の奥までスッと入ってくる。亜衣を想いながら、口にはできない感情と戦っているんだろうな……。

ああ、そっか。松岡さんもこんな目をよくしていた。

きっとお母さんだけじゃなく、私たちのことを想ってくれていたんだ。それなのに、あんなひどいことを言ってしまった。

「……なんか反抗期っぽくてイヤな気持ち」

思わずつぶやいてしまった。

「あ、違う。今のは関係なくって……ないんです」

首を思いっきり横にふったせいで眼鏡がずれてしまった。そんな私に佐鳴くんはおかしそうに笑った。

「なんかいいね。最近、ちょくちょく佐々木さんの新たな一面が見られて楽しいよ」

「いえ、そんな……」

しどろもどろで言い訳を考えているうちに、佐鳴くんはほかの男子に呼ばれて行ってしまった。

スマホを見ると不在着信がたくさん表示されていた。お母さん、松岡さん、おばあちゃんまで。ＬＩＮＥにはさくらから【ついにブチ切れ　いいね！】と憎たらしいメッセージまで来ている。

「なによ、もう……」

これからどうしようか……。家に戻って謝るべきだろうけれど、どう言えばいいのだろう。もしも過去に戻れるなら、余計なことは言わないのにな……。

そのとき、ふと昨日の保健室でのことを思い出した。

『時間を越えられる』と神人さんと柱谷くんが言っていたはず。あれは……夢なの？

「そんなことあるわけがないよね」

つぶやいてみても、ひとりぼっちの美術室で答えてくれる人はいない。

しばらく考えてから、私は神人さんにメッセージを送ることにした。

「時間を越えられるのは本当のことなの」

あっさりと言った神人さんに、無意識にまばたきをくり返していた。てっきりリアルな夢を見ているのかと思ってしまった。

「えっと……」

次の言葉が選べずに隣に目を移すと、柱谷くんも当たり前のようにうなずいている。

【亜衣から聞いたよ。すぐ行くね】と返信が来たと思ったら、三分後にはふたりは美術室に到着していた。そして、信じられないような話をはじめたのだ。

ひと通り聞き終えたところで、脳をフル回転させて、今聞いたことをまとめようとする。

「つまり……神人さんは今月中に死ぬ運命で、それを阻止しているのが前世から来た柱谷くんってこと？」

「前世じゃない。俺にとっては現世だ」

不機嫌に訂正する柱谷くんに「前世じゃなく現世」とくり返す。

神人さんが「でね」と声を潜めた。

「間違った運命に導いてしまったお詫びに、あすかも時間旅行ができるの」

「ただし、一回だけだ。前回みたいに運命ごといじくられては困る」

憮然とする柱谷くんと、その横でうなずく神人さん。これは、壮大なドッキリ企画なのだろうか。

「玉森さんはもう時間旅行をしたってこと？」

「そうなの。楓は自分が生まれた日に時間旅行をしたの。私も行かせてもらったんだけど、すごく不思議だった」

照明のせいか昨日よりも神人さんの顔色が悪く見える。

「私もできる、と?」

「一度きりだけど、行ってみる価値はあると思う」

参った。言っている意味はわかるけれど、思考が追いつかない。むしろ、離されていく一方だ。

困惑する私に気づいたのだろう、柱谷くんが鼻で息をついた。

「別に無理してやる必要はない。機会は与えたしもういいだろう」

「焦らないでよ。まだ月末までは時間があるんだし」

立ちあがろうとする柱谷くんを、神人さんが押しとどめる。

「由芽の命を守ることで精いっぱいなんだよ」

「でも、あすかにだって権利があるんだから」

――もしも、時間を越えられるとしたなら、私はどこへ行くのだろう?

さくらの病気が発覚する前はどうだろう。ううん、あの病気は先天性のもので予防できなかったと聞いている。

じゃあ今日の朝に戻るのはどうだろうか。それもベストじゃない気がする。

私がいちばん知りたいのは……。

「さくらがね――」

考える間もなく言葉がこぼれていた。

「もうすぐ手術を控えているの。最終検査の結果は良好で、人工の心臓弁に変えなくても手術で自分の弁を復活させることができそうなんだって」

「は?」

首をひねる柱谷くんから神人さんに視点を移すと、力強くうなずいてくれている。

「亜衣に聞いて調べたよ。すごくいい病院なんだってね」

「でも……不安で仕方ない。だって、万が一ってことも起こりうるでしょう?」

今朝から考えをそのまま言葉にすることばかり。頭のなかで思考してから話すよりも、ずっと自分の感情が入っていると思った。

きっと手術はうまくいくと思う。そう信じなくちゃいけない。

頭でわかっていても、もしものことばかり考えてしまう。

「……だから、私は未来を見てみたい。さくらが無事でいるか確かめたいの」

「ほう」と、柱谷くんが感心したように言った。

「未来を選んだのは君が初めてだ。ただし、干渉はするなよ」

「はい」

素直にうなずいた。

「あすかはいつの未来に行くの?」

神人さんの問いに、そこまで考えていなかったことを知る。

「え、どうしよう……」

「うーん。たとえば三年後とか十年後とか？　ねえ、蒼杜。どっちも見ることはできないの？」

「それは無理だ。というか、そこまでする義理はない」

さくらの手術が無事に成功するかどうかを知るには、数カ月後の世界でもいい。だけど、自分の家族がどうなったかも気になる。

「三年後がいい。自分が二十歳になったときの世界を見てみたい」

そう言うと、柱谷くんは深くうなずいた。

「構わないが、その世界には未来の自分がいる。くれぐれも顔を合わせないように気をつけるように」

頭の先からつま先までジロジロ見たあと、柱谷くんは残念そうに首を横にふった。

「どう見ても君は二十歳どころか子どもにしか見えない」

「ちょっと失礼なこと言わないでよ」

慌てる神人さんに、

「しごく真っ当な意見を述べたまでだ」

と、柱谷くんは平然としている。

「待って。楓のときも思ったんだけど、なんだかおかしくない？」

神人さんが不思議そうに首をかしげた。

「なにが？」

「私は何度も死んでいて、そのたびに時間旅行をしているのに、過去の自分には会ってないよ」

眉をひそめる神人さんに、柱谷くんがため息で答えた。

「前も説明しただろ。友だちふたりはただの見学みたいなもんだが、由芽の場合は時間ごとやり直しているんだよ。そのたびに現在を消去しているってわけだ。えっと、現代語で言うならば〝上書き保存〟というやつだ」

「ごめん。全然意味がわからない」

困った顔で宙をにらむ神人さんに「あの」と声をかけた。

「おそらく私や玉森さんができるのは過去や未来の一部分だけを体験するツアーみたいなものなのかも。神人さんの場合はセーブポイントから実際にやり直す形なんじゃないかな」

「そう、たぶんそれだ」

柱谷くんがニヤリと笑うが、鋭い目のせいでなにかたくらんでいるように見えてしまう。

たとえ見るだけでもいい。未来の私たちを確認したい。

「あの、私……誰にも見つからないようにするから。少しでいいから連れていってほしい」

「それが、君の望まない未来だとしても？」

柱谷くんの顔から笑みは消えていた。もしも、三年後の未来にさくらがいなかったら……。

「そのときは私が未来を変えてみせる」

ふん、と鼻から息を出すと、柱谷くんは立ちあがった。

「いいだろう。絶対に干渉はするなよ」

「約束する」

なんだってするよ、さくらのためなら。

立つと同時に髪が風で揺れた。ふり向いても窓は閉まったまま。どんどん強くなる風に目を開けていられない。

「由芽はどうする？」

散歩に誘うような口調の柱谷くんに、神人さんは首を横にふった。

「私も行きたいけれど、ちょっと風邪っぽくて。それに、私も誰かに会っちゃいそうだし」

「そうか。まあ、由芽も二十歳には見えないから好都合だ」

「あすか」

神人さんの声に顔を向ける。どんどん強まる風のなか、神人さんはやさしくほほ笑んでいた。

「時間旅行、楽しんでね。行ってらっしゃい」

「──由芽」

向こう側にある景色が揺れている。端に置かれているキャンバスも、忘れ去られた衣装も、壁にかかった絵画までもが揺れながら溶けていく。

風にまぶたをまた閉じられた。

なにか声が聞こえる。これは……校内アナウンス？

徐々に弱まる風に目を開けると、そこはもといた美術室だった。

「え……」

神人さんと柱谷くんの姿が見えない。それどころか、さっきまであった衣装もなく、私の周りには描きかけのキャンバスがいくつも置かれてある。

ここが未来の世界なの……？

教室から出ようとしたときに、マイクのノイズ音が耳に届いた。

『本日はご来校ありがとうございます。文化祭一日目は部活動の発表となります。ご来場の皆様は体育館へお集まりください』

……文化祭当日？　ひょっとして三年後じゃなく一週間後に時間旅行をしたのだろうか。

美術室から顔を出すと、渡り廊下を歩く人が見えた。

「行かないのか？」

急に声をかけられ「きゃあ！」と思わず声をあげてしまった。

いつの間にいたのか、柱谷くんがそばに立っていた。

「あ、ごめん。あの、ここは……」

「三年後の学校だ。ほら、行くぞ」

スタスタと歩いていく柱谷くんを追いかける。渡り廊下を通るが、なにもかも今通っている高校と同じ。とても三年後の世界とは思えない。

「そういえば、あの友だち、いいやつだな」

歩きながら柱谷くんが言った。すぐに亜衣のことだとわかった。

「亜衣はいつも助けてくれるの。頼りっぱなしだから申し訳なくって……」

「自己評価が低いな。そいつだって君に助けられているからそばにいてくれるんだよ」

そうだろうか。私ならこんなウジウジした性格の子と仲良くなんてなれない。

私の考えを読むように、柱谷くんは「ふ」と笑った。

「無意識に助けているなら、なおのこといい。少しずつお互いのことを知れば相手をもっと好きになる。そうすれば、自分を信じる勇気も育つさ」

「自分を……？　それは無理だよ。私、自分のこと、好きじゃないし」

「別に好きになれとは言っていない。自分の発言、行動、想いを信じてやる、それだけだよ」

体育館に通じる渡り廊下を歩く私たち。不思議と柱谷くんの言葉が心に響いている。

「たしかに亜衣のことを知れば知るほど、もっと好きになってる」

「だろ？」

横目で笑う柱谷くん。

「そういえば、亜衣って少女マンガが趣味なんだって。すごく意外で――」

これは内緒だったかも、と口をつぐむ。柱谷くんもそれ以上は聞いてこなかったのでホッとした。

てっきり体育館に入るかと思ったら、柱谷くんは入り口を右に曲がり、建物沿いを歩く。

さっきまでの雨が嘘のような、晴れ渡った空に気づいた。

「ど、どこに行くの？」

それには答えず、柱谷くんはずんずん奥へと進んでいく。

体育館の入り口の真裏にある緑色のドアは開いていた。楽器のケースを持った生徒たちが慌ただしく出入りをくり返している。

すでに本番がはじまっているらしく、会場のザワザワした音がすぐそばで聞こえる。

柱谷くんが脇にある階段をあがっていくので、仕方なくついていった。階段の先には音響室のような部屋があり、何人かの生徒が見える。

「こっち」

小声でつぶやくと、柱谷くんは隣に見える鉄製のドアを開いた。そこはキャットウォークと呼ばれている場所だった。体育館内をぐるりと囲む、二階部分の細い通路で、下にはたくさんのお客さんが見える。

「見つからないようにかがんで」

急に頭を押さえられ、その場に這うような格好になった。

「痛い……」

「静かにしろ」

片膝をついた格好で、柱谷くんは鉄製の柵の間から観客席を眺めている。

舞台ではバンドが演奏をしていて、うまくはないけれど勢いのあるロックが流れている。生徒たちは盛りあがっているが、うしろにいる保護者は気持ち程度に手拍子を送っている。

「あの……文化祭を見るより家に行ったほうがいいと思うんだけど」

「否。ここで正解だろう」

「でも、私はとっくに卒業していると思うし」

そもそも土曜日なら家に行けば、ぜんぶわかるだろうに。

もう柱谷くんはなにも答えてくれず、鋭い視線でじっと後方の席を目で追っている。

激しさを増す演奏に、生徒たちの声が円を描きだす。

「――いたぞ」

「え？」

「ほら、見ろ。保護者席のいちばん前に三年後の君がいる」

柵の間に顔を入れると、中央の席にワンピース姿の女性が見えた。

「あれが私？」

栗色の髪はパーマを当てているように見える。今よりも少しやせていて、眼鏡もかけていない。

「あ……」

隣に座っているのはお母さんだ。まるで変わっていないから間違いないだろう。

「どうして私たちがここにいるの？」

尋ねても柱谷くんは答えてくれない。

一段と大きな拍手とともにバンドは去っていった。司会者らしき男子生徒がマイクを手にステージにあがった。

『続きまして結成半年、一年生だけで構成されたバンド「さくらさくら48」です。48と言いましても三人編成のバンドで、メンバーの年齢を合計しただけだそうです。来年の文化祭では「さくらさくら51」になるそうですよ』

ドッと笑い声が起きた。未来の私はお母さんになにやら耳打ちをし、クスクスおかしそうに笑っている。

不思議だった。まるで映画を見ている気分。

あんなふうにお母さんと笑える日が来るのかな……。

ステージにおそろいの衣装を着た女子が出てくると、大きな拍手が生まれた。マイクの前に立つ真んなかの子がボーカルとギターを兼ねているのだろう。もうひとりがベースで、最後の子はドラムセットに腰をおろした。

ドラムの子がスティックでカウントを取ると、ギターの音が鳴り響いた。

歌声を聴き、思わず立ちあがっていた。

「さくら！」

叫ぶと同時に思いっきり腕を引っ張られ、床にしたたか腰を打った。

「馬鹿。目立ってどうする。見るだけ、って約束しただろ」

だけど、だけど……。

ステージで歌っているのは間違いない、さくらだ。信じられない。さくらは私と同じ高校に進学したんだ……。

「よかった……。元気でいるんだね」

涙が一気にあふれてきた。さくらが生きている。元気に高校生活を送っていることがなによりもうれしい。

やさしくて強い歌声が、会場を包みこんでいるみたい。観客が突き動かされるように盛りあがりを見せていく。

聞き覚えのあるメロディにやっと気づいた。

「これ……ゲームで流れている曲だ」

「ゲーム？　なんだそれ」

「ねえ！」

首をひねる柱谷くんに、今度は私がすがりついていた。

「さくらは大丈夫ってことなんだよね？　これが本当の未来なんだよね？」

うなずきながら、強引に体を引き離された。

「急に距離を詰めるな。俺の時代ではもっと女性というものは静粛でありおしとやかで――」

「あ！」

見ると、未来の私とお母さんが立ちあがり、『さくら』と書かれたPOPを掲げている。ふたりともすごくうれしそう……。

「あ、おばあちゃんだ」

いちばんうしろの席で双眼鏡を覗いているのはおばあちゃんだった。背筋をピンと伸ばし、微動だにせずステージを眺めている。

やがて演奏が終わると、大きな拍手が会場に響き渡った。


風が吹いている。

体育館の裏手は風の通り道らしく、壁にもたれて立つ柱谷くんの前髪を躍らせている。

「よし。じゃあ戻るとするか」

柱谷くんの言葉に、うなずきかけた首を横にふった。

「……気になることがあるの」

「は？」

不機嫌な表情を張りつける柱谷くんの向こうで、次のバンドの演奏曲が流れている。

「もういいだろう。家族の安否も確かめられたし、これ以上なにを知りたいと――」

「これが！」

話の途中で遮ると、柱谷くんは驚いたように目を丸くした。

「これが……本当に私の未来なの?」

さくらの無事がわかっただけでも十分だろう。お母さんもいて、おばあちゃんもいた。だけど……。

「……松岡さんはどこにいるの?」

「松岡さん? そんなヤツのことを俺が知るわけがないだろう」

会場をいくら探しても松岡さんを見つけることができなかった。そもそも、お母さんの隣にいない時点で、ここに来ていないのは確かだろう。看護師の仕事は忙しいから休みが取れなかった可能性もある。

「私が……ひどいことを言ったからかもしれない」

あの言葉が原因でふたりが別れたとしたら……。

視界が涙でゆがんでいく。松岡さんは私やさくらをいつも心配してくれていた。仕事の前でもあとでも、顔を見せてくれていた。

どうして私はあんなことを言ってしまったのだろう。

「君は泣いてばかりだな」

「だって……」

はあ、と大きなため息をついた柱谷くんが「なあ」とやわらかい声で言った。

「さっき自分で宣言してただろ？　過去は変えることができなくても、未来は変えられるんだ」

「未来を？」

壁から背を離した柱谷くんが腕を組んだ。

「君が今のままでいたなら、この未来が待っているということ。もしもなにか足りないのなら、補えるように動けばいい」

でも、本当にそんなことができるのかな……。

「自分を変えることができるのは、自分しかない。望む未来があるのなら臆するより動くしかない。君は、どんな未来でも手に入れられるんだよ」

どんな未来でも、という言葉に胸が弾むのを感じた。

松岡さんのいない未来を変えたい。お母さんの隣で笑っていてほしい。そのためにできることは、自分を変えることだって強く思った。

「……わかった」

「よし」

そう言うと、あたり一面に突風が吹き荒れた。体育館の音が散り散りにくだけていく。

「ありがとう」

そう言う私に、柱谷くんは目を細めてほほ笑んだ。


「あー、やっぱり来ると思ってた」

病室のドアを開けると、さくらはベッドに寝ころんだままでそう言った。

未来からの旅を終えたあと、私はさくらの入院している病院へ来た。

「ケンカしたらしいじゃん。もうさ、お母さんパニックになってて大変なんだから」

スマホのゲームからは、さっきさくらがステージで歌っていた曲が流れている。

「ね、ちょっとベッド詰めてくれる?」

「なに?」

いぶかしげな顔のさくらを無視して、強引にベッドに横になった。

「ちょっと、どういうこと。マジで反抗期なの?」

「ちょっとだけ話そうよ。昔はこうやってひとつのベッドに寝てたよね」

いつもと違う雰囲気に気圧されたのか、さくらはスマホの画面を消すと仰向けになった。

ついさっき、三年後の未来を見てきたなんて不思議だ。こんな話、誰も信じないだろう。

「ねえ、さくら。お母さんからなにか聞いてる？」

「具体的に言ってくれないとわかんない」

「その……松岡さんとのこと」

「聞いてるもなにも、お母さんとまっちゃんがつき合ってることを知ったあすかちゃんが爆発した、ってことでしょ」

白い天井を見つめながらうなずくと、さくらが隣でクスクス笑った。

「ていうか、ふたりがつき合ってるのなんて丸わかりだったけどね」

「え、そうなの？」

「ふたりとも単純なんだよ。四年くらい前からかな、お互いの話題を口にしなくなったでしょ。おそろいの時計をしだしたのも同じ時期。まっちゃんの車はお母さんの香水が漂いまくってるし。気づかないのって、あすかちゃんくらいだよ」

とっくにさくらは気づいていたんだ。なんだ、と少し安心した。

「私ね、気づいたことがあるの」

「うん」

「自分の気持ちを正直に話してなかったな、って。そんな私に、誰も本音なんて言わないよね」

だけど、亜衣はあきらめずにいてくれた。神人さんが受け入れてくれた。柱谷くんが未来を見せてくれたから。

「だから、これからは変わろうと思う」

さくらが「へえ」と顔をこっちに向けた。

「あすかちゃん、どうしちゃったの？」

「別になんでもないよ。ただ、さくらのお姉ちゃんとしてもっとしっかりしたいと思ったの」

不思議だった。本当の気持ちを言葉にすると、心を覆っていたモヤモヤが晴れ渡っていくのを感じる。

「あたしもさ」と、さくらは言った。

「本当の気持ちはなかなか言えないよ。正直に言うと、手術すごく怖いし」

「うん」

「目が覚めなかったらって思うと、泣いちゃいそうになるもん」

さくらの手を握ると、冷たくて小さくて、少し震えていた。私が不安にさせていたんだね。

「大丈夫だよ。さくらは絶対に治るから」

「自分が不安にさせたくせに」

涙声のさくらに、「大丈夫」とくり返してつなぐ手に力をこめた。

「さくらは絶対元気になるってお姉ちゃんが保証する。三年後には文化祭でバンドをやってるはず」

「なにそれ」

おかしそうに笑うさくらに、私も笑いながら泣いていた。

――未来を変えられるのは自分しかいない。

このあと、お母さんに電話をしよう。松岡さんにもちゃんと謝ろう。そしてふたりの幸せを心から祝福するんだ。おばあちゃんは電話での謝罪は受け入れないだろうから、帰ってから直接謝るしかない。

「並んで寝ていると、なんか家にいるみたい」

さくらの声に「だね」とうなずく。

すぐに元気になって戻れるよ。

私の行動で未来が変わっていくなら、もう私は恐れたりしない。

「あ、晴れたね」

さくらの声に窓に目を向けると、未来で見た空とよく似た青色が広がっていた。

【幕間】柱谷蒼杜

「おかえりなさい」

未来から戻った俺に、由芽はそう言った。

美術室は独特のにおいがする。描きかけのまま放置された油絵は、色が強く目にまぶしい。

「正しい言葉じゃない。俺が『ただいま』と言えるのは、この時代ではないから」

突き放すことを言ってしまったが、由芽は納得したかのようにうなずいている。

「あすかから連絡があったよ。すごく感謝してた。時間旅行は成功だったんだね」

「成功しなくとも報償を支払ったことには変わりない。で、どこへ行ってた？」

戻ってきてからずいぶん学校内を探した。

「ちょっと用事があっただけ」

そんなことを言う由芽に、ため息で応えた。

「勝手に動き回るな。なにかあったらどうするんだよ」

「大丈夫だよ。でも、最近はなんにも起きないんだよね」

この時代の人間は気楽なもんだ。死の運命は、そう簡単に逃れられないというのに。

「ねえ」と由芽がなんでもないような口調で尋ねた。

「もしも、あと二回の死を避けられなかったらどうなるの？」

先ほどの言葉とは裏腹に、曇らせた表情を見て気づいた。由芽もやっぱり不安なんだな……。

「避けられるまで時間旅行をやり直せばいい」

「それでも避けられなかったら？」

「避けられるまでやり直すだけだ」

俺には……まだ、由芽に言っていないことがある。口にすれば、彼女は恐れ、悲しみ、絶望するだろう。

――今はまだ言えない。

「風邪を引いてるんだろ？　ほら、帰るぞ」

席を立つ俺に、由芽は素直にうなずいた。

不思議だ。髪や肌、立ちあがるしぐさですら、見てはいけない気がしている。

よこしまな感情を捨てないと、由芽は守れない。

歩き出す足に必要以上に力を入れた。

運命の日まで、あと一週間。俺は、由芽を守ることができるのだろうか？

第四章　「永い夢の、その先で」　神人由芽

今も思い出す過去がある。

ひとりぼっちで公園のベンチに座っていた小学生の私。

周りで遊ぶ子どもたち、手をつないで歩く親子連れ、犬の散歩をしている人、誰もが私を哀れんでいる気がしていた。

学校でも公園でも、やさしい人は話しかけてくれた。でもそれは最初のうちだけで、空想にふける私から、誰もが去っていった。

さみしくて悲しくて、だけど親には心配をかけたくなくて……。

「――由芽」

あの時代にまだ心が残っている気がするのはなぜだろう。何年も過ぎているのに、ひとりぼっちのさみしさを今でも感じてしまう。

「おい、由芽！」

大きな声にハッと顔をあげると、蒼杜の顔がすぐそばにあった。悲鳴が漏れそうになり、とっさに口を両手で覆った。

「しっかりしろ。時間旅行中だぞ」

あきれ顔の蒼杜から周りに目を向ける。

あれ……？　どうしてここにいるのだろう？　ここは……家の近くにあるコンビニの前だ。

「ごめん。記憶がごちゃごちゃになってる」

素直に謝る私に、蒼杜はポケットから懐中時計を取り出した。

「時間旅行は体にも脳にも負担をかけるからその状況になることもありうる。それより、あと三分でここで事故が起きる」

「あ……！」

やっと記憶の回路がつながった。登校中に水筒を忘れたことに気づき、コンビニでペットボトルのお茶を買おうとして……。

「車にはねられたんだ……」

「その通り」

まさかコンビニの駐車場ではねられるとは予想外だった。しかも自動ドアから外に出た瞬間に、駐車していた車がアクセルとブレーキを間違えて突っ込んでくるとは。

「この時代の死は、交通事故が多いらしいな。運命もどうせならもっと違う死に方を見せてくれればいいのに」

よくわからない不満を口にし蒼杜が歩き出した。私もついていくけれど、どうもうしろ髪を引かれている感覚が拭えない。ふり返ると、コンビニの入り口に白いワゴン車が停車している。

「ねえ、あの車にはねられたんじゃなかったっけ」

言いながらさっきの光景が頭に浮かんでくる。停車していた車におじいさんが乗りこみ発車しようとして——。

エンジンをふかす音とともに車が勢いよく走り出した——コンビニのガラスに向かって。

ガシャン！　すごい音がして花火のようにガラスが砕け散った。

「大変！」

走り出す私の腕を蒼杜がつかんだ。

「ほっておけ。あのじいさん、さっきはピンピンしてたから。はねられた人も、由芽
以外はいなかったし」

「でも……」

蒼杜に肩を抱かれ強引に歩かされてしまう。うしろでは人が集まりだしていた。

「やっと四回目の死を回避できたな」

横顔の蒼杜がうれしそうに笑みを浮かべている。最初の頃は仏頂面しか見たことが
なかったのに、すごい変化だ。

十月末まであと数日。十一月になると蒼杜はもとの時代に帰っていく。

彼の使命を果たせるように、私も集中しなくちゃいけない。

「あと一回、死を回避すればいいんだね」

「残り一回はかなりのやつが来る。雪音の予言では、回避することは難儀だそうだ」

蒼杜は知らない。雪音さんは蒼杜への気持ちを隠したまま違う人と結婚していく。叶うことのないせつない想いを、雪音さんは口にしないと決めている。だから、蒼杜に『行かないで』と言えなかったんだ。

私も自分の気持ちを隠して蒼杜に会っている。蒼杜が夢のなかにしか現れなかったら、こんなに苦しくならなかったのに。

でも、私の気持ちは単なる同化現象。

雪音さんの感情を体験していると知ってからは、彼への気持ちが本物なのかがわからなくなっている。ドラマの主人公に感情移入しているような感覚だろう。

そう自分を納得させても、胸が否定するように痛む夜もある。

「今日はいよいよ文化祭だな」

蒼杜がそう言うのと同時にめまいがした。

「……どうした？」

じっと目を閉じ、体がふらつきそうになるのをこらえた。

「時間旅行の副作用じゃないかな。ちょっと体調が悪いんだよね」

「帰るか？」

「ううん、もう大丈夫。さ、行こう」

歩き出すけれど、今度は頭の奥に鈍い痛みが走った。気づかれてはいけない、と笑みを張りつけた。

ここのところずっと体調が右肩下がりだ。とにかく十月末までなんとか生き延びるしかない。彼への想いが本物かはわからないけれど、蒼杜を無事もとの時代に帰したい気持ちは嘘じゃない。

雪音さんのもとへ帰したい、返したい、還したい。


教室に着く頃には頭痛はさらに悪化していた。文化祭初日、最後の準備に精を出すクラスメイトの声も、遠くなったり近くなったりして耳に届く。蒼杜は到着するなり準備に連れ出されたらしく姿が見えない。

「由芽、どうかしたの？」

丸い眼鏡がトレードマークのあすかが、心配そうに眉毛をハの形にした。この頃はあすかのほうから話しかけてくれるようになったし、名前で呼んでくれるようにもなった。

「疲れがたまってるみたいで……頭が痛いんだよね」

「え、マジで」

近くの席で衣装を縫っていた楓が手を止めた。

「遠くに頭痛がいて、だんだんと近づいてくる感じ」

「今日は体育館での発表だけだし、帰ったほうがよくない？　いいよ、あたしも同伴してあげるから。うん、そうしよう」

なんて、楓もただ帰りたいだけのように思える。でも、そういうことを言ってくれる友だちができてうれしい。

「帰るほどじゃないし、原因はなんとなくわかってるんだよね。たぶん、何度も時間旅行をしているせいだと思う」

「睡眠サイクルが崩れているってこと？」

周りに聞こえないようにあすかが小声で尋ねた。

「そうだね。時差ボケみたいな感じかも」

海外旅行に行ったことはないけれど、きっとこんな感じなのだと思う。しかもそれがずっと続いている。

「ほえ」と、楓の声が裏返った。

「なんで時間旅行のせいなの？　あたしは行きも帰りも一瞬だったよ。風がゴーッて吹いたら時間が移動してたし、逆に夜はよく眠れた感じ」

「柱谷くんが説明してくれたよね？　私たちは見るだけの時間旅行で、由芽は時間そのものをやり直さないといけない、って」

私の代わりにあすかが説明してくれたが、楓は理解できないらしく「んんん」と首をひねった。

「てことは、由芽の一日は二十四時間じゃないってこと？　まさか、いまだに死にそうになってるわけ？」

楓の声が大きいので、口元に指を当ててから周りを見渡した。みんな作業をしながらしゃべっていて、私たちに注目している人はいない。

「大丈夫。あと一回、死を回避すればいいだけだから」

さすがに今朝も死にかけたとは言いにくい。

「だったらさ、文化祭が終わったら月末まで休んだら？　あたしも一緒に休むからダラダラしようよ。あすかも来る？」

勝手に話を進める楓に平気そうに肩をすくめた。

「そんなことしたら、またふたりを巻きこむかもしれないでしょ」

「大丈夫なの？　すごく体調悪そうに見えるけど……」

心配そうな表情を浮かべるあすかに首をかしげた。

「次の瞬間に死ぬんじゃないか、ってことばかり考えてるから、気が張っているんだと思う。寝てもすぐに目が覚めちゃうせいで体調がよくないのかも」

「由芽のこと、すごく心配」

あすかは今度コンタクトレンズに変えるそうだ。髪の毛も伸ばすと宣言していた。

楓だってずいぶん雰囲気が変わった。最近では文哉くんに料理を教わっていると聞く。

私だけが変わらずに、死の運命から逃げ続けている日々。

気持ちを重くしている原因は、死の運命が大半を占めていることはわかっている。でも、あと数日で蒼杜との別れが来ることも心の片隅にある。

これは恋じゃない。蒼杜を想う雪音さんに同化しているだけだ、と今朝と同じ結論を自分に言い聞かせる。

「大丈夫だよ。あと数日乗り切れば無事にゴールできるんだから」

ニッと笑うと、ふたりは少し安心したような表情になった。

「あすか、妹さんの具合はどうなの？」

楓の問いにあすかは柔和な笑みを浮かべた。

「無事に手術が終わったの。大成功だったって。目が覚めたとたん『お腹すいた』って騒ぎだしたみたい」

「よかったね。今度あたしもお見舞いに行きたい。さくらちゃんがよろこぶプレゼントってなんだろう。ぬいぐるみとか？」

「私もなにかあげたくて聞いたら、『そんなのいらないからゲームに課金しろ』だって。ほんと、ふざけてるよね」

言葉とは裏腹にあすかは目じりをやさしくさげている。

ふたりは前とは変わった。楓はいろんな相談をしてくれるようになったし、私の強さも弱さも理解しようとしてくれている。楓が貸してくれたアニメのＤＶＤは、自分でも購入を検討するほど名作ぞろいだった。

一方のあすかも、笑顔が多く見られるようになった。クラスメイトにも自分からぎこちなくだけど話しかけるようになっている。亜衣は少女マンガが趣味だと、蒼杜が教えてくれた。今度借りてみようかな……。

変わりゆくみんなのなかで、私だけが変わっていないのはたしかなことだろう。

『全校生徒は体育館へ順次集合してください』

放送の声に、クラスメイトは体育館へ移動をはじめる。今日は保護者もたくさん来るそうだ。私が参加することは、蒼杜により禁止されている。

「トイレに隠れているね」

ほかの人を巻き添えにしてしまうと、蒼杜の言う〝報酬〟が発生してしまうので、なるべくひとりでいるようにしている。明日、クラスでやる大正ロマン喫茶店も参加は難しいだろう。

明日は文化祭二日目、月曜日は代休、火曜日が月末だ。

「あと四日間……」

体育館への生徒たちの波に逆らいながらトイレへ向かう。個室のなかの安全確認をする。水道管は大丈夫。レバーも問題なし。天井は届かないけど、万が一崩れても私ひとりの犠牲で済むだろう。

なにか起きたとしても蒼杜が少し前の時間に戻してくれるはず。

個室にカギをかけて座ると、ジンジンとした頭の痛みがまた生まれた。

遠くからバンドの音が聞こえだした。部活動の発表がはじまったのだろう。

あすかが見た三年後の未来では、さくらちゃんがボーカルをやっていたそうだ。

「私はそこまで生きられるのかな……」

私の家系は十月で途切れると昔の人が予言している。救うために時間旅行をしてくれた蒼杜との別れがすぐそばまで迫っている。

「なんにしてもバッドエンドか……」

結局、お父さんとお母さんにはなにも言っていない。娘が急に『今月で死ぬかもしれない』と言ったら驚くだろうし、私の精神状態を疑うのも目に見えている。

もしも本当にいなくなったら、ふたりとも悲しむだろうな……。どんどん暗くなる気持ちは雪が積もるように深く私をうずめていく。

……しっかりしなくちゃ。今朝はついに四回目の時間旅行をしたわけだし、残りは一回だけじゃない。

教室に戻ろうとトイレから出ると、廊下に蒼杜が立っていた。私に気づかず開いた窓に腕を預け、気持ちよさそうに風に目を閉じている。

時代を越えて旅をしてきた彼は、あと少しでもといた時代へ帰っていく。安心して帰れるように私もがんばらなくちゃ。

よし、と気合いを入れて「蒼杜」とその名前を呼んだ。顔だけをこっちに向ける蒼杜の髪が風に揺れた。

「体育館に行かなかったんだね」

無理して笑顔を作ったのに、蒼杜は苦虫をかみつぶしたような顔をしている。

「現代音楽は耳に合わない。厳かさが微塵《みじん》もないからな」

「そう？　私は好きだけど。そうそう、あすかの妹さんが未来でバンドを――」

「帰ったほうがいい」

言葉を途中で遮ってきた蒼杜に、口をつぐんだ。

「思えば、裏山に出かけた日も、一日に何度も死が襲ってきていた。今日はもう家で閉じこもるべきだ」

有無を言わさぬ口調に素直にうなずいた。

「わかった。でも、明日の模擬店だけは参加させて。大正ロマン喫茶店の準備、ずいぶんがんばったんだし、蒼杜も出なくちゃいけないんでしょ」

「俺は別にどうでもいい。だいたい、俺の住む時代とは似ても似つかないし。由芽の参加も許可しかねる」

興味なさげに教室を見やる。完成しつつある、黒を基調とした店のパネルや装飾品たち。

「みんなに危害が及ぶことは避けるから、ね？」

「ダメだ。それより窓から下がって。なにが飛んでくるかわからない」

無下に断る蒼杜に、

「お願い。蒼杜、文化祭に参加させてください」

体を移動させてから両手を合わせた。

「お前は……」

うんざりするような顔になった蒼杜だが、反対しても無駄だとわかったのだろう。

「了承した。ただし、少しでも危険なようならすぐに帰るからな」

鋭い眉に似合わない笑みを口元に浮かべている。最初の頃より、距離は近づいているって思ってもいいのかな……。

「やった！　ありがとう」

はしゃぐ声とは裏腹に、めまいがまた生まれていた。

「由芽、ちゃんと前を見て！」

急にあすかが叫んだのでハッと我に返ると、目の前には空き缶がひとつ転がっていた。

「え、これのこと？　さすがに空き缶を踏んで死ぬことはないでしょ」

あきれる私に、あすかは真剣な顔であたりの様子をうかがっている。帰り道はいつもと違う道をあすかが選んだ。さっきからボディーガードのように左右に鋭い視線を向けている。

安全確認を終えたのだろう、あすかがふり向いた。

「そんなのわからないでしょ。空き缶で滑って頭を打つとか、蹴った缶が野良犬に当たってかみつかれるとか、触ったことで指に傷がついてそこから化膿《かのう》して――」

「わかったわかった。気をつけるから」

両手をあげて降参のポーズを取ると、ようやく安心してくれたみたい。再び慎重に前を歩き出す。

「そこまで厳重警護じゃなくても大丈夫だよ。蒼杜なんていつもさっさと歩いていっちゃうし」

「ダメなの。だって、私が由芽を家まで送ることを任命されたんだから」

帰る間際になり、急に蒼杜が『今日は送れない』と言いだしたのだ。用事ができたらしく、楓も明日の準備をしなくてはならない。蒼杜から直々に頼まれたのがあすか、というわけだ。

それにしてもここまで張り切るとは思わなかった。

「あ、車が来てる。隠れて！」

「はい」

「前から来る人が怪しい。隠れて！」

「はい！」

守ってもらっているというより、これじゃあまるで逃亡犯みたいだ。

それでも必死で私を守ろうとしてくれているあすかに、ちょっとした感動さえ覚えている。

「文化祭の最中なのに送ってもらってごめんね」

「いいよ、そんなの全然かまわない。由芽の役に立てるのがうれしいから」

顔をほころばせるあすかに、少し胸が熱くなった。

「それにしても柱谷くん、どうしたんだろうね」

ようやく家に続く道に出ると、あすかが横に並んだ。

「ああ、準備じゃない？　蒼杜、結局あまり手伝ってなかったもんね」

「ねえ」

と、あすかが私を上目遣いで見てきた。

「柱谷くんって、十一月になったらいなくなるって本当なの？」

「十月末まで私が生きていれば任務は完了。もといた時代に戻るみたい」

口にするだけで胸がズキンと痛みを生む。

「夢で見ていた人にやっと会えたのに、すごく……悲しいよね」

「うん、悲しい」

自分の気持ちを言葉にすることには、もう躊躇しなくなっている。これも、蒼杜がくれたプレゼントなのかな……。

「でもね」と言葉を区切り、自分の気持ちときちんと向き合う。

「この悲しみは私のものじゃないんだよ。私の祖先が蒼杜に対して抱いていた気持ち。私と蒼杜はいわば、バディみたいな関係なのかも」

運命共同体、ボディーガード、契約者……。いろんな単語を頭で並べてみた。

「割り切れないものもあるのでしょう？　だって、最近元気ないから……」

「そうなんだよね。頭ではわかっているんだけど、どこまでが自分の感情なのかがわからないの。とにかく死なないようにすることに集中しなくちゃね」

「そうなんだね……」

さみしさをわかち合うようにつぶやいたあと、急にあすかが足を止めて私を見た。

「行かないよね？」

「え、どこに？」

「私たちを置いて、柱谷くんについて大正時代に行ってしまわないよね？」

あまりに真剣な口調に思わず口をつぐんでしまった。

彼にとっては、私はただの義務。そんなことを願われても困るだろう。

「大丈夫だよ。私はこの時代で、蒼杜に言われた『自分を信じる勇気』ってやつを育てるの。そうしていれば、この気持ちがなんだったのかもわかる気がしてる」

「きっと……」

そう言ったあすかがキュッとくちびるをかんだ。

「柱谷くんは由芽を十一月に送るための旅人なんだと思う。何度も同じ時代をくり返すよりも、先に進んでほしいって思ってるはず」

わかるよ。私にだってイヤというほどわかっている。

「それに私は由芽と一緒に、今を生きていきたい。楓や亜衣だって同じことを思ってるよ」

涙声で訴えるあすかに見えるようにうなずく。

「大丈夫だよ。どこにも行かないから」

どこにも行かない、じゃなく、どこにも行けない。

すべて捨てて蒼杜についていけば、きっと迷惑になるから。ああ、また雪音さんの感情に同化しかけている。

「よかった。ホッとしちゃった」

安心したように頬を緩めるあすかに、私も笑みを返した。

再び歩き出したあすかが二歩進んで止まった。向こうからスーパーの袋を持った初老の女性が歩いてくる。相手も気づいたようで目を丸くしている。

「おばあちゃん。あれ、どうしたの？」

あすかがうれしそうに駆け寄る。

軽くパーマをかけた白髪の女性が、あすかがよく話をしているおばあちゃんなんだ。薄紫のコートにグレーのロングスカートが似合っていて、想像していたよりもずっと若々しい。

「どうしたもこうしたも――」

そう言いかけたおばあちゃんが私に気づき目を細めたので、慌てて頭を下げた。

「はじめまして。神人由芽と申します。あすかさんのクラスメイトです」

「いつも孫がお世話になっております。あすかの祖母の美智代です」

私よりも深く頭を下げたあと、おばあちゃんは当たり前のようにあすかにスーパーの袋を渡した。

「お母さんと松岡さんが文化祭を見に行ったおかげで大変。さくらちゃんは急に『あれ買ってきて、これが食べたい』って病院から電話してくるし、こっちは夕飯の準備もしなくちゃいけないし」

文句を言いながらもうれしそうに顔をほころばせている。

「そうだったんだ。私、由芽を送ったらすぐに帰って手伝うから」

「当たり前。年よりをこき使うんじゃないよ」

なんだか、思わず笑ってしまった。話で聞いているよりもずっとおもしろそうなおばあちゃんだ。

「あすか、ここでいいよ。うちまではすぐだし、ひとりで帰れるから」

「ダメ、これは私の任務だから」

譲らないあすかから、おばあちゃんに目を移すと、

「え……」

なぜかまっすぐに私を見つめている。

「由芽さんって言ったね？　親御さんはもう家にいるの？」

突然の質問に、頭にハテナマークが浮かんだ。

「いえ、うちは両親そろってサービス業なので、土日は仕事なんです」

「じゃあまだ家には誰もいないの？　兄妹とか恋人は？」

「ちょっとおばあちゃん！」

見かねたあすかが止めに入るのをおばあちゃんは無視して、私に一歩近づいた。占いでもするように私をじっと見つめたあと、ゆっくりと首をひねった。

「失礼なことを聞くけれど、あなた……具合が悪いんじゃないの？」

「え……」

不思議だった。その言葉に、遠くにあった頭痛とめまいが一気に襲ってくるのを感じた。

「あの……はい。ちょっと体調がすぐれなくって」

「まだ検査していないのなら、一度病院で見てもらったほうがいいわよ。できればすぐに……この時間からは無理ね。明日は日曜日だけど当番医院があるからそこで受診しなさい」

そう言ったあと、おばあちゃんは急にピンと背筋を伸ばした。

「あすか」

「はい」

「彼女の家に行って、ご両親が帰るまで様子を見てさしあげなさい。そのなかに食材があるからなにか体が温まるものを作ること」

「え、私が？」

戸惑うあすかに答えずに、おばあちゃんは私の手を握った。

「いいわね。必ず明日、受診してちょうだい」

「……はい」

気圧されるようにうなずくと、おばあちゃんは歩いていってしまった。

「まったくもう。いっつもあんな感じなんだよ」

ぷうと頬を膨らませたあと、あすかが私の顔をまじまじと見てくる。

「朝よりも体調が悪い感じなの？」

「寝不足なだけだから大丈夫だよ。寝てれば治ると思う」

久しぶりに嘘をついた。それは、イヤな予感が一気に思考を塗りつぶしていくのを感じたから。あまりに恐ろしくて口にできない。

――私は……ひょっとしたら病気で死んでしまうのかもしれない。


やさしい風が頬をなでている。

目を開けると、そこには懐かしい風景が広がっていた。遊歩道を歩く人たち、道の向こうにあるブランコで小学生の女子がはしゃいでいる。

ああ、これは小学生のときに見ていた風景だ。

プラスチックの色のはげたベンチ。横にはお気に入りだった赤いポシェットが並んで座っている。

よくここで土日は時間をつぶしていたっけ。季節が傾くと夕暮れになるのも早い。お腹のなかにある孤独を今も覚えている。

「イヤだな……」

忘れたい記憶ほど、何度も思い出してしまう。そのたびに傷口は痛み、記憶を上書き保存する。

ずっとひとりぼっちだった。クラスの友だちと話をするより、あれこれ想像するのが好きだった。友だちにからかわれても、陰口をたたかれても平気。なのに、実際にひとりになると消えたいほどの孤独を感じていた。

高校生になればきっとうまくいくよ。そう、あの頃の自分に教えてあげたい。だけど、もう遅すぎる。夢のなかなのに頭痛とめまいが交互に、ううん同時に攻撃してくる。

ああ、そっか……。

やっぱり五番目の死は、病気によるものなんだね。

足元に違和感を覚え見おろすと、お気に入りのピンクのスニーカーが先っぽから崩れ出していた。砂の城が崩れるように体が壊れていく。

「まだ、ダメ……」

つぶやく口も、手も、サラサラと音もなく崩壊していく。

お願い、まだ消えないで。私を十一月へ――。

暗くなる世界で、最後まで私はひとりぼっちだった。


目を覚ますと同時に照明で目がくらんだ。

ギュッと目を閉じると右目から涙がひと筋こぼれ落ちた。

「ああ……」

ため息をつけば、夢の世界が終わったことを知る。

よかった。やっぱり夢だったんだ……。

「え、泣いてるの？」

「ひゃあ！」

すぐそばで聞こえた声に悲鳴をあげていた。飛び起きると、お盆を手にした楓がドアのところに立っていた。

「え、楓……？」

まだ胸のバクバクが止まらない私に、楓は不思議そうに目を丸くした。

「なに驚いてるのよ。ちゃんと、ご飯作ってくるって伝えたじゃん」

「あ……そっか」

今日は日曜日。結局、頭痛とめまい、さらには背中の痛みもひどくなった私は、文化祭二日目を欠席せざるを得なかった。行けないほどではなかったけれど、なにか起きたときに対処できないと判断したから。

心配した楓が、三時を過ぎたあたりにお見舞いに来てくれたんだった。

楓が持っているのはお粥《かゆ》だろうか。白い湯気がひとり用の鍋から生まれている。

ベッドサイドに座ると、楓はお盆を私のひざの上に置いてくれた。

「体調、どう？」

「心配させたくないけど、すごく悪いみたい」

ごくりとつばを飲みこむと、喉まで焼けるように痛い。体調はこれまででいちばん悪く、寒気が足元から這いあがってくる。

「寝ながらうなされてたけど、また夢を見たの？」

「今はね、久しぶりに小学生の頃の夢を見てたの。私、空想好きだったから友だちができなくって、いじめとかはなかったんだけど気味悪く思われていたみたい」

レンゲを渡してくれたあと、楓は腕を組んだ。

「あたしだって同じようなもんだよ」

「親に心配かけたくなくて、土日になると楓の家の近くの公園で一日過ごしたりしたんだよ。ひとりになりたかったのに、ひとりになるのが怖かった。将来なんてなんにも見えなくて、暗いトンネルのなかで出口がわからない感じだったの」

　こんなわけのわからない話なのに、楓は深刻な顔でうなずいてくれていて、今の私にはありがたかった。

　また涙をこぼす私に、楓がティッシュを二枚渡してくれた。

　受け取るだけでも体の節々に痛みを感じるけれど、少し寝たせいで体調は少し復活している気もした。

　楓はレンゲを持つ私の手を上から握って、無理やり私の口に運んだ。久しぶりに食べる食事は、やけに甘みを感じる。

「おいしい？」

「すごく……おいしい」

　ホッとした顔のまま、楓は私の手を握っていた。

「由芽、聞いて。一緒に十月を生き延びてやろう。家にいれば事故に遭う可能性も低いし、体調がよくなる頃には十一月になってるはずだから」

　今はよくても、これから時間とともに私の体調は急激に悪化していくだろう。私にはもうわかっている。運命は確実に私を仕留めにきていることを。

　おそらく、私は病死する。今さら病院へ行っても遅いのはたしかだ。

蒼杜に伝え、病気になる前に戻してもらうことも考えた。でも……そんな気力はどこを探してもなかった。あきらめの気持ちが重く体と心に雨雲のようにかかって支配している。

「そうだね。がんばるよ」

ふにゃっと楓は笑うと、安心したように机のチェアに腰をおろした。

「そういえばさ、大ニュースがあるんだけどさ」

ふふんとあごをあげた楓に、お粥を食べる手を止めた。

「あたしが時間旅行したときにさ、お母さんを助けてくれた人たちがいたじゃん？サラリーマンの人とタクシー運転手さん」

「ああ。楓が未来を変えちゃったやつでしょう？　たしか、ふたりとは年賀状でやり取りが続いているんだよね？」

何週間か前のことなのに、ずいぶん昔の話に思えた。

「こないだ改めて親に年賀状を見せてもらったわけ。そしたらさ、サラリーマンの人の苗字が〝大身〟だったんだよ」

「大身？　え、それって亜衣の……？」

「そうそう」と楓が手をたたいた。

「なんとあのサラリーマンは、亜衣のお父さんだったんだよ！　言われてみればどことなく顔が似てるし、確認したらやっぱりそうだった。もちろん亜衣には時間旅行のことは言ってないけど、すごい偶然があるんだねって大興奮しちゃった！」

思ってもいない展開にぽかんとしてしまった。あのときは必死だったからあまり顔は覚えていないけれど、真面目そうな人だった。

「今日の文化祭に亜衣のお父さんも来ててさ、あたしの顔を見てすごくびっくりしてた。そりゃそうだよね、十七年前に一度会ってるんだから」

そこまで言ったあと、楓は手を横にふった。

「もちろん『母親にそっくりなんです』と言っておいたよ」

「へえ……すごい偶然だよね」

時間を越えてまたふたりが出会ったなんて不思議な話だ。それが友だちのお父さんならばなおさらだ。

「亜衣のお父さんって大学の教授をしてるんだって。いかにも真面目そうな雰囲気だったもんね。今は民俗学の研究をしてるみたいだよ」

「へえ……」

私と蒼杜も同じように時間を越えて巡り合えた。

蒼杜に密かな想いを寄せる人は彼の無事を願うだけじゃなく、私の死を阻止しようともしてくれている。

……このままあきらめていいのだろうか。

そこまで考えて、また想像の世界に没入していたことを知った。

「亜衣のお父さんの民俗学ってどういうことを研究しているの？」

「それがさ」と楓が椅子をおりてベッドのそばにすり寄ってきた。

「この地域の歴史とかの研究をしてるんだって。聞いたら、あの裏山の神社についても詳しいみたい」

裏山の神社……。あの夢のなかで見た場所のことを調べているなんて……これは偶然なの？　まるで過去の自分が励ましてくれているような気がした。

しばらく迷ってから「楓」と呼びかけた。

「亜衣のお父さんに話を聞けないかな。どうしても知りたいことがあるの」

「そう言うと思って、連絡先を手に入れておきましたぜ」

楓は胸ポケットから二本の指で挟んで一枚の名刺を出し、見せてきた。

――あきらめたくない。

蒼杜がいなくなる十一月が来たとしても、私は自分の命をあきらめたくなんかない。

そう、思った。

朝、起きると体調はかなり悪かった。

体中が悲鳴をあげているみたいに痛み、ベッドから起きても力が入らない。なんとか制服に着替えていると、ドアをノックする音が聞こえた。

「由芽、具合はどう？」

ドアから顔を覗かせるお母さんに、

「もう大丈夫だよ」

最後の嘘をついた。

「そんなフラフラして。今日も休んだほうがいいんじゃない？」

「……そうだね。じゃあ、そうしようかな」

出勤前なのだろう、お母さんはすばやくスマホを操作し耳に当てた。壁にかけてあるカレンダーの、十月最後の日を見つめる。

いよいよ今日が運命の日なんだ……。

「学校には連絡入れておくから寝てなさい。今日は早めに戻ってこられるから、病院に行かなくちゃ。それまではしっかり休んでなさいね」

「ありがとう」

お母さん、ありがとう。そして、ごめんなさい。

「もしもし、いつもお世話になっております。神人由芽の母ですが――」

玄関へ急ぐお母さんの背中に心のなかで感謝した。

文化祭の代休にあたる昨日は、弱った体をなんとか動かし、亜衣の家に行った。亜衣のお父さんは、楓と一緒に時間旅行をしたときに会ったサラリーマンの男性で間違いなかった。といっても十七年の年月でずいぶんふくよかになっていて、逆に頭髪はさみしくなっていたけれど。

亜衣のお父さんにはただ『興味がある』ということにしておき、裏山についての歴史を教えてもらった。それによれば、裏山には遠い昔、神社があり未来を予言できる家系――つまり私の祖先が住んでいたそうだ。神人家の能力は徐々に弱まり、曾祖父の代になり神社を閉じた。

大筋は蒼杜から聞いた話と同じだったけれど、新たな情報も聞くことができた。

最後は亜衣とふたりになり、この数週間のことを一から説明した。亜衣は理解できない様子だったけれど、とりあえず最後まで話をした。

事故により私の血を絶やそうとした運命は、最終手段として病死を選んだ。

私に時間は、もう残されていないだろう。

これから裏山へ行ってみるつもりだ。そこになにがあるのかはわからないけれど、昨日、亜衣のお父さんに聞いた話が本当ならば――蒼杜がいるはず。

靴を履いて外に出ると、秋の薄い空が広がっていた。

カギをしめ、門へ向かう。歩くたびに体力が減っていくようだ。

……裏山まで辿りつけるのかな。

それでも私は行かなくてはならない。鼻で大きくため息をついて歩き出そうとして気づく。誰かが家の塀にもたれかかっている。

「おはよう。遅かったじゃん」

楓。

「さすが亜衣。予想的中だったね」

あすか。

その向こうで亜衣が「だろ」と自慢げに胸を反らしている。

「え……どうして？　あの、ごめん。私、今日学校には行けなくって」

どうして三人がここにいるのだろう。オロオロする私の腕を支えるように抱いたのは、亜衣だった。

「昨日、由芽が帰ったあと、ふたりを招集して緊急会議をしたんだ。で、きっと由芽は裏山に行くだろうという結論に至ったわけ」

亜衣が歩き出すのでつられるようにして私も足を前に出した。

「でも、みんな学校は？」

楓がうしろから「もう」とあきれた声で言った。

「由芽がいなくなっちゃうかもしれない日にそんなのどうでもいいって。それより裏山にのぼる体力は残しておいてよ」

「食料ならあるからね。エナジードリンクもたくさんあるから」

あすかが隣に並んだ。

「みんな……ありがとう」

まさか三人が助けに来てくれるなんて想像もしていなかった。

「泣くのはやめなさい。体力を消耗するから」

亜衣が冗談めかして言ったので、涙を我慢した。それでもうれしくて今にも泣いてしまいそう。

数週間ぶりの裏山は、秋色に染められていた。獣道に茂っていた草は枯れはじめ、枝葉を揺らす木々も暖色へまばらに色づいている。

「ほら、しっかりつかまって」

亜衣がずんずんと山をのぼっていく。うしろから楓が押してくれて、あすかはみんなの荷物を引き受けている。

以前休憩に使用した大木の根元に並んで腰をおろした。右に座る亜衣はすでに汗だくで、申し訳ない気持ちになる。私が見ていることに気づいたのか、亜衣はニヒヒと笑った。

「いい朝練になるわ」

なんて答えていいのかわからず、視線を落とした。

「でもさあ」楓が足を投げ出した。

「不思議な話だよね。時間旅行をして過去そのものを変えたり、つながる未来を変えたりできるのに、どうして死だけは避けられないんだろう」

「決められた運命なんだって。亜衣のお父さんが教えてくれた」

言葉を発するのにも息が切れている。

「そんなこと言ってたな。あんときは意味不明だったけど、そういうことか」

納得するように亜衣はあすかから渡されたタオルで顔を拭いている。

「決められた運命だから逃れられないってこと？」

眉をひそめる楓に私は昨日、亜衣のお父さんに説明されたことを思い出す。

「私の祖先は、この先にある神社で未来を予言していたんだって。その予言のなかで、うちの家系がこの時代で途切れることを知った。亜衣のおじさんは単なる言い伝えだと思っていたけれど、きっと事実なんだと思う」

おじさんは蒼杜の家系については知らなかった。けれど、当時の資料をパソコンで見せてもらったときに、私は気づいてしまった。おじさんがまとめた資料の一文に、蒼杜の家系について書かれたと思われる伝記があった。

それを見たときに、私はやっと蒼杜が今日なにをしようとしているのかを知った。だから、今日はここにどうしても来たかった。

「にしても柱谷くんもひどいよね。文化祭の日だって登校してなかったし。由芽がこんな状況なのに顔も見せないなんて！」

本気で怒っているのだろう、楓が顔を真っ赤にしている。

あすかがエナジードリンクの小瓶を渡してくれた。蓋《ふた》を開ける力も残っていない。

「蒼杜は……もうわかってるんだよ」

「なにを？」

瓶の蓋を開けてくれたあと、あすかが首をかしげた。

「どうすれば、私が運命を回避できるかを。それを知ったからこそ、私にはもう会えないんだよ」

私の予想はきっと当たっている。でもそれは、友だちにも言うことができないほど、あまりにも悲しい選択だった。

「回避する方法を知ってるなら教えろよ」

「それよりも時間がないから行かなくちゃ。手伝ってくれる？」

顔を近づける亜衣から逃れ、木の幹に手をつきなんとか立ちあがる。

再び山道をのぼっていくと、左手に崩れた崖が現れた。前よりもロープが張り巡らされていて、立ち入り禁止の大きな看板も設置されていた。

私たちはここで崩落に巻きこまれた。蒼杜が時間を巻き戻してくれたおかげで助かったあの日から、まだ一カ月も経っていないんだな……。

誰しも思うところがあるのだろう、それから山頂まで私たちは無言で歩き続けた。

ようやく空が大きく見えてきた。

「あと少しだからな」

隣で声をかけてくれる亜衣にうなずき、力をふり絞る。支えてもらっていても、もう私に体力は残っていないらしく、足を前に出すのも精いっぱい。

すぐそばまで死が訪れているのを感じた。

「うわ。すげえ！」

急に叫んだ亜衣に驚いて視点をあげると、そこには草に覆われた平らな場所が現れた。体育館くらいはあるだろうか。

「すごくない!?　山頂がこんなふうになってるなんて知らなかった」

興奮して駆け出そうとする楓の腕を、あすかが慌ててつかんだ。

「危ないからダメだよ」

「ごめんごめん。でも見てよこれ」

楓が指さす足元、雑草の下にうっすらと石畳が見えている。少し先には左右に石でできた土台のようなものがあった。

ああ、これは鳥居が立っていた場所だ。今はぽっかり開いた大きな空に吸いこまれてしまいそう。

「ここに神社があったんだよ。由芽が見た夢は、本当のことだったんだよ。だって、由芽の描いたイラストの風景にそっくりだもん」

泣きそうな顔で楓が言った。

神社はもうないけれど、ここがあの夢で見た場所なのは間違いないだろう。

「ここで、私は蒼杜を見送った……。蒼杜は祖先にあたる雪音さんに——」

そこまで言ったとたん、急に足元が消えたような感覚になり崩れ落ちた。慌てて亜衣が腕をつかむが間に合わず、石畳に転げてしまう。腰を打つけれど、それよりも激しいお腹の痛みに体をふたつに折る。

「大丈夫か」

「由芽！」

みんなの声が遠ざかっていく。

もう時間がないのだろう。目の前にある雑草がぼやけている。

……ダメ。まだ、死ぬわけにはいかない。

手をついて上半身をなんとか起こした。

「ごめん。もう……動けないみたい」

「病院に行こう。ウチがおぶっていくから、大丈夫だから！」

亜衣の訴えに首を横にふった。

きっと彼は来る。私に……ううん、未来の私に会いに来る。

「あ……」

ふいにあすかがつぶやいた。

ぼやけた視界に誰かが見える。

――蒼杜だ。

学ラン姿で風に吹かれる蒼杜が、あの夢と重なった。

「てめえ！」

亜衣が叫んだかと思うと、蒼杜に向かって駆け出していく。一瞬のことで、誰もが動けなかった。

「なんだよこれ！　なんで由芽がこんな目に遭うんだよ！」

「ちょっと！」

楓が引き止めようとするその腕をたやすくふり払い、亜衣は蒼杜の胸倉をつかんだ。

「どうなってんだよ。運命ってなんだよ。由芽が……由芽がっ！」

「わかってる」

低い声がここまで聞こえた。気圧されたように手を離す亜衣に蒼杜は頭を下げた。

「君たちも巻きこんでしまってすまなかった」

「謝って済むと……思うなよ。由芽は、大丈夫なんだろ？　今日でいなくなるなんてこと、ないよな!?」

嗚咽をこらえる亜衣に、私の視界は涙でゆがんでいた。私のために必死になってくれることがただうれしかった。

「あたし、難しいことはわからない。でも、柱谷くんには不思議な力があることは体験させてもらったから知ってる。なんとかならないの？」

楓もすがりつくように蒼杜に尋ねている。

「柱谷くん」とそれまで黙っていたあすかが眼鏡をかけ直しながら声をかけた。

「由芽をずっと昔に戻すってのはどうなの？　体調が悪くなる前——ううん、発症する前まで戻って検査してもらえばやり直しができない？」

「それじゃん！」

大きな声で楓が同意した。

「それなら病気だって完治するはず。ねえ、そうしてよ！」

けれど、蒼杜はゆっくりかぶりをふった。

「それじゃあ意味がないんだ」

「え……」

失望を含んだ声は、あすか？　それとも楓？　亜衣？

体の力が抜けていき、気づけば青空しか視界に入っていない。もう起きあがる力もない。

青空が私に手を差し伸べている。『ここへおいで』と呼んでいる気がする。

「なんでだよ！」

亜衣の怒鳴る声に涙があふれる。もういいよ。このまま死んでしまっても構わないから……。

「いくら時間旅行をしても、運命を変えることは不可能なんだよ。病が治ったとしても、違う理由で由芽の命は奪われてしまう」

そうだよね。もう、私は知っているよ。

泣き崩れる楓の声が聞こえる。ごめんね、楓。

「しばらく由芽とふたりきりにしてくれないか？」

顔が見えないぶん、声で感情を読み取るしかない。その声は決意に満ちているように聞こえた。

「は？　なにを……」

「これから最後の時間旅行をしたいんだ。由芽の運命を変えてみせるから」

「……絶対に変えろよな」

そう言う亜衣に、蒼杜の返事は聞こえなかった。足音が近づいてくると、青空を割るように蒼杜の顔を視界に捉えた。

「蒼杜……」

私の背中に手を回すと、蒼杜は私を軽々と抱きかかえた。

「由芽」

楓が心配そうに私の手を握った。

「楓、ありがとう。亜衣もあすかも……ありがとう」

「柱谷くん、約束して。由芽を必ず元気にしてくれるって」

「私にも」

怒ったような目であすかが言った。

蒼杜は「ああ」とうなずいた。

「約束する。君たちは離れていて」

私を抱きかかえたまま蒼杜が歩き出す。夢で見たのよりも朽《く》ちている竹林、揺れる青空、痛むお腹。めまいが嵐のように巻き起こっている。

「すまなかった」

「……え？」

尋ねても蒼杜のあごしか見えない。

「苦しい思いをさせてすまなかった。君のことは俺が守るから」

ふいに風が強く生まれた。蒼杜を中心にして小さな竜巻が起きているみたい。風が私たちの髪を躍らせはじめている。

「蒼杜……私、考えていることがわかるの。行きたくないよ……」

必死で伝えるけれど、彼は私の顔を見てやさしくほほ笑むだけ。

「お願い、もう時間旅行をしないで。どうかこのまま——」

「少し寄り道をしよう」

「寄り道？」

尋ねる声は突風にかき消された。

「由芽！」

私の名前を呼ぶ楓たちの声が遠ざかっていくのと同時に、周りの景色が暗くなっていく。

暗闇は嫌い。余計にひとりを感じてしまうから。

ああ、これは小学生のときの感情だ。命の期限が切れる前はこんなふうに混乱してしまうものなのかもしれない。

真っ暗闇の向こうに光が見える。最初は小さな点だったそれは、どんどん大きくなり近づいてくる。やがて白い光に目がくらんだ。

「ねえ、由芽ってば」

誰かが私の名前を呼んでいる。

おそるおそる目を開けると、私は学校の廊下に立っていた。目の前で楓が頬を膨らませている。

「え……」

「また〝夢見る由芽〟になっちゃってる」

言葉に詰まったのは、時間旅行をしたからじゃない。楓が制服でなく、文化祭で着るはずだった着物を身につけているから。見ると私も同じ柄の着物を着ている。

教室の入り口には『大正ロマン喫茶』の看板が掲げられており、ジャズのような音楽が聞こえている。廊下にはたくさんの人が歩いていて、生徒もいれば保護者らしき姿も。

「あ……文化祭だ」

「そうだよ。せっかく体調よくなったんだから楽しまないと。ほら、入ってみようよ」

手を引かれて歩くと、楓の結んだ髪が左右に揺れた。体調はまだ悪いけれど、さっきほどじゃない。

ここは一昨日の世界、文化祭の二日目なんだ……。

準備の遅れを取り返したらしく、教室の床には赤い布が絨毯《じゅうたん》代わりに敷かれていて、壁には美術部の子が描いた女性画がかけられている。スピーカーにつながれたスマホで音楽を流しているようだった。店内は満席で、男子は蒼杜と同じような学ランを着ていて、女子は着物に白いエプロンをつけている。

大正時代の雰囲気は出ているが、当時は茶髪は珍しかっただろうし、マカロンもなかっただろう。

亜衣が私たちのほうへ速足で駆け寄ってくる。着物であることも気にせず、若干がに股なのが気になる。

「ちょうどよかった。ふたりとも手伝って」

「えええ。やっと休憩もらったのになんで？　今から由芽と教室回るからダメ」

亜衣は話を聞くつもりがないらしく、楓に強引にエプロンを押しつけた。

「悪いなあ。すでにコーヒーやらケーキやらが足りなくなってて、あすかと文哉が買い出しに行ってるんだよ。てことでほら、早く」

「マジでだるい。病みあがりなんだし、由芽だけは休憩させてあげてよ」

やさしい楓に、本当は『手伝うよ』と言いたかった。文化祭を体験できなかった私に蒼杜がくれたプレゼントなら、クラスのみんなと思い出を作りたいと思った。

でも……。

亜衣が納得したように首を縦にふった。

「そうだよな。じゃあ由芽はどっかで休んでおいで。ピンチになったら連絡するから」

「ありがとう。じゃあ、がんばってね」

罪悪感を胸に教室を出ると、さっき私がいた場所に蒼杜が立っていた。いつもの学ランに帽子、トンビと呼ばれるマントを身につけていて、あの夢の格好そのままだ。

「蒼杜……」

言いかけた私の口を塞ぐように、蒼杜が一枚の紙を押しつけてきた。模擬店一覧と書かれたその紙には、各教室の出し物が見取り図とともに記してある。

「詳しい話はあとで。せっかく寄り道したんだから、文化祭とやらに興じよう」

私の手をつかむと歩き出す。彼のマントがはためき、なぜか懐かしいにおいがした。

「ここから行こう。えっと……英語は読めない。なんて書いてある？」

「HORROR　HOUSE。お化け屋敷のことだね」

黒いカーテンがかけられた入り口。なかからはおどろおどろしい音楽と、女子の悲鳴が聞こえた。

「それは遠慮しよう。夜店みたいなものはないのか」

どうやら蒼杜は怖いのは苦手らしい。

三階へあがり、一年生の模擬店を見学した。くじ引きは外れだったけれど、参加賞としてもらったシールが珍しいらしく、蒼杜はまじまじと眺めていた。

少し笑って、そのぶんもっと悲しくなった。

私は、蒼杜がこれからしようとしていることを知っている。それだけじゃなく、彼が隠していた秘密もわかってしまった。

無口になる自分を制して、焼きそばを食べる彼に笑いかける。

最初で最後のデートは、あまりにもせつなくて、あまりにも幸せだった。

「ねえ、蒼杜。時間はあとどれくらい残っているの？」

教室の前で尋ねると、蒼杜は懐中時計を取り出した。

「一時間もないな」

「……行ってみたい場所があるの」

「どこに？」

「小学四年生の秋の日。枯れ葉が雨みたいに降っていた日曜日。ううん、土曜日でも構わない。楓やあすかと同じように、私も昔の私に会ってみたい」

まっすぐに瞳を見つめたまま言うと、蒼杜は納得したようにうなずいた。

「いいよ。それが由芽の望みなら」

彼が風を呼ぶ。廊下に吹く風に、私たちは包まれる。

模擬店の看板や窓からの景色が溶けていき、それらは秋の公園へと変わっていく。

鳥の声と、遠くではしゃぐ子どもの声が聞こえる。

私は公園の入り口に立っていた。

「あ……」

「ここでいいのか？」

当たり前のように隣に立つ蒼杜に、もう一度視線を戻した。

間違いない。土日によく通っていたあの公園だ。今とは入り口のポールが違うし、
公園の外の風景もまるで違う。今ではもうない駄菓子屋に子どもが集まっている。

「ありがとう。ずっと昔の自分に会いたくて、でも会いたくなかったの」

わけのわからない説明なのに、蒼杜は「なるほど」と答えた。

「俺にもそういう人がいるからなんとなくわかるよ。三十分でいいか？」

「うん。ありがとう」

行ってきます、というのもおかしいので、そのまま公園のなかへ足を踏み入れた。

枯れ葉を踏むと乾いた音がする。

左側に今はもうないブランコや鉄棒などの遊具が見えてくる。遊歩道を挟んだ場所
にあるベンチに――。

「あ……」

赤いポシェットを隣に置く女の子が見えた。あれは……小学生の頃の私だ。

怒ったような顔でベンチに座った女の子は、ぼんやりとブランコのあたりを眺めている。

ゆっくり近づく私に気づいた女の子が、戸惑った表情に変わる。

「こんにちは」

「…………」

見てはいけないものでも見たようにうつむいた女の子は、眉間にギュッと力を入れて聞こえないフリをしている。

「由芽ちゃんだよね？」

口を『え？』の形にしたかと思うと、素早い動きで由芽ちゃんはポシェットを手にして立ちあがった。怪しい人だと判断し、逃げ出そうとしているのだろう。

「私、もうすぐ死ぬの」

そう言うと、由芽ちゃんはピタリと動きを止めた。

「病気でね。もうすぐ死んじゃうみたいなんだ。最後に由芽ちゃんと話がしたくて来たの」

おそるおそるふり向いた由芽ちゃんは、目が合うと同時に視線を逸らした。

「……なんで？」

こんなふうにか細い声だったよね。がんばって話をしても相手に声が届かなくて聞き返されることが多かった。

ベンチに座り、さっきまで由芽ちゃんが座っていた場所をポンポンとたたいた。しばらく迷ったそぶりを見せたあと、由芽ちゃんは私とずいぶん距離を取って腰をおろした。

「なんで……私の名前を知ってるの？」

いつでも逃げられるようにポシェットを両手で抱いたまま、由芽ちゃんは注意深く尋ねた。

「私、予言ができるの。現在や未来のことがちょっとだけ見えるんだよ」

「予言……。占いをする人のこと？」

興味を持ったのだろう、私の顔をまじまじと見つめている。

「そうだね。占い師って言ったほうがいいかも」

「どうして死ぬことがわかるの？　自殺？」

「違うよ。病気でね、もうどうしようもないの」

足をぶらんぶらんと宙で動かしたあと、由芽ちゃんは「ふうん」と小さく言った。

「でも、私と話をしてもおもしろくないよ」

「どうして？」

あどけない横顔の由芽ちゃんが、目を伏せた。

「ひとりが好きだから。本当に好きなんだよ。強がってるんじゃないもん」

「うん、知ってるよ」

「こんなんだから、つまらないって言われるし」

そうだよね。私はずっとひとりでいたかった。自分に自信が持てず、自分を好きにもなれなかった。孤独を愛したのに、孤独にも嫌われてしまった気がしていた。

「最後の予言は由芽ちゃんのためにしたいの」

「別に聞きたくない」

拒否を示すように、由芽ちゃんは体ごとそっぽを向く。

「なんにも……ないから。未来のことなんて、なんにも知りたくないから」

「じゃあ、勝手に話すから聞いててくれる？」

視線を前に向ければ、はらはらと枯れ葉が雨のように降っていた。自分の死を悟れば、毎日の生活では当たり前だったこともすばらしい風景に見えてしまう。

「由芽ちゃんは想像をするのが好きだよね。誰かと話をするよりも、ひとりでいろんなことを考えてる」

反応はないけれど聞いてくれているのがわかる。

「そんな由芽ちゃんのこと、わかってくれる人は少ないよね？　ひとりぼっちになりたくて、だけど怖いよね？」

ゆっくりとこっちを向く由芽ちゃんが視界のはしに見えた。

「私もそうなんだ。子供の頃から空想ばかりしていて、あだ名も〝夢見る由芽〟だったし」

「え……私と同じ名前なの？」

きょとんとする由芽ちゃんに、うなずいてみせた。

「偶然にも同じ名前だから、最後の予言をしたくなったの」

「……へえ」

「あのね」と言ってから私は、由芽ちゃんを見た。

「そのままでいいんだよ」

「え？」

「すごく悩むかもしれないし、悲しくなったり、誰かをにくんだりもするかもしれない。でも、由芽ちゃんは由芽ちゃんのままでいいの」

ぽかんとしていた由芽ちゃんが、両手を膝の上でギュッと握った。

「でも、でも……。みんなダメって言う。私はおかしいから、ヘンだから……！」

涙声になる由芽ちゃんの頭にそっと手を置いた。体に力を入れた由芽ちゃんが、あきらめたように涙をこぼすのが見えた。

「大丈夫だよ」

「大丈夫じゃない。これから先、なんにもないもん。私にはなんにも楽しいことなんてないもん!」

「由芽ちゃんは今、十歳でしょう?」

「……そうだよ」

「これから中学生、高校生になっていくなかでたくさんの人に出会うんだよ。それはね、由芽ちゃんの想像している何倍も何十倍もたくさん人。そのなかに、由芽ちゃんのことをわかってくれる人は必ずいる。そういう未来が見えているの」

楓やあすか、亜衣の顔が浮かぶのと同時に私まで泣きそうになる。ゆがむ視界をこらえ、今はただ過去の私を励ましたかった。

「予言によると、由芽ちゃん次第ではすぐに友だちができるよ」

「……本当に?」

潤んだ瞳で私を見つめる由芽ちゃん。どうかその孤独の鎧から自由にしてあげたい。

「ただし、自分を信じる勇気を持てれば、の話だけどね」

「自分を信じる……そんなの無理だよ。見てわかるでしょう? 私、人と話すのが嫌いなの。お父さんもお母さんも先生も『前向きにがんばれ』ってそればっかり。できないよ。そんなの、できないよ……」

さみしさがため息と涙になってこぼれている。

「前向きじゃなくてもいいし、うしろ向きだって構わない。空想好きな自分のことを認めるだけ。自分を好きになれば、隣に並んで歩いてくれる友だちが必ずできるから。うしろ向きになった日には、うしろから背中を押してくれる人もいるんだから」

「自分を……」

反芻するように黙ったあと、由芽ちゃんは私をチラッと見た。

「お姉ちゃんも、友だちができたの？」

「そうだよ。私のことを予言してくれた人がいて、その人のおかげでずいぶん変われたの。今度は由芽ちゃんが変わる番だよ」

向こうから蒼杜が歩いてくるのが見えた。

「もう時間みたい。私、行くね」

立ちあがる私に「ねえ」とすがるように由芽ちゃんは言った。

「できるか……わかんないよ。でもがんばってみる」

「がんばらなくていいの。由芽ちゃんが由芽ちゃんらしくいてほしい。未来の世界で待っているからね」

小学生の私に残された時間は、この日から数えても十年もない。

残り少ない人生だとしても、過去の私が背負っている重荷を少しでも軽くしてあげたかった。

「――わかった。好きになってみる」

さっきよりも明るい声にホッとした。

「じゃあ、またね」

蒼杜のほうへ歩き出す。さようなら、あの日の私。

「お姉ちゃん！」

声にふり向くと、過去の私が大きく手をふっていた。

「お姉ちゃんも死なないでね。これも約束だからね！」

言い終わると同時に、由芽ちゃんは駆け出していく。それは、暗闇を引き裂くような強さにも感じられた。

公園の入り口まで戻ると、蒼杜は懐中時計をさりげなく確認した。

「そろそろ行くか」

まるでちょっと出かけるような言葉とは裏腹に、声が緊張しているのが伝わってきた。

「蒼杜、あのね……」

「しかし文化祭は楽しいもんだな」

話題を変えようとしているのがわかる。

「大正ロマン喫茶もなかなかだったでしょ？」

「及第点と言えよう。俺の時代は音楽は蓄音機から流すものだし、コーヒーに五百円も出さない。でもまあ……なかなかだったな」

これから起こることから目を逸らすように私たちは笑い合った。

だけど、だけど……涙が勝手にこみあげてくるよ。歯を食いしばっても、空に目をやってもダメだった。

「なんだよ。いきなり泣くなよ。過去の自分への助言は成功したんだろ？」

「違う。そうじゃなくて、私……わかったの。もう、わかったんだよ」

洟をすすって涙を一時停止した。泣いている場合じゃない。今は、ちゃんと運命をもとに戻すことが先決だ。

「蒼杜の家系は、予言を変えるために実行する役割なんだよね？」

「……ああ」

その瞳が翳《かげ》るのがわかった。

「亜衣のお父さんが持っていた資料を見ていて気づいたの。そこには、柱谷家の伝説が書いてあった。蒼杜の家系は時間旅行をして、それでもうまくいかなかった場合、人柱になるのでしょう？」

人柱の意味がわからずに調べたとき、私は蒼杜がなにをしようとしているのかを知ってしまった。人柱は、誰かの身代わりになり自分の命を犠牲にすることだった。

「私を助けるためにがんばってくれたよね？　でも、病気での死には手を打てない。だから、蒼杜は私の身代わりになって死ぬことを決めたんだよね」

震える声に力を入れた。蒼杜はもう私の目も見ない。

「仕方ないんだ」

「そんなことない！」

蒼杜の胸にすがりつく。

「それじゃあ意味がないの。蒼杜はもとの時代に戻らなくちゃ。そうしないと悲しむ人がたくさんいるじゃない」

「それは由芽だって同じことだろう」

顔をあげると、まっすぐに蒼杜は私を見ていた。

こんなに悲しい瞳を見たことがなかった。深く絶望に支配された色の奥に、揺るぎない決断がある。

「由芽の言う通り、俺の家系は神主が予言した未来を変えることが使命だ。時間旅行をし、悪い予言が現実にならないように尽力してきた」

独白のように言葉を続ける蒼杜が、絶望から逃れるように目を閉じた。

「神主の最後の予言は、君の命が十月中に消えてしまうことだった。家系が途絶えてしまうと、未来の厄災から大勢の人々を守ることができない。だから、俺にとって君を救うことは義務だった。でも、この運命だけは逃れられないとわかった」

「言わないで。もういいよ……」

「聞くんだ」

首を横にふる私の肩を、蒼杜は両手で包んだ。

「君と過ごすうちに、これは義務じゃないと思うようになった。家系としての使命だから仕方ないとも思っていない。俺が……俺自身が由芽を助けたい。君に生きていてほしいんだよ」

「やめて。そんなのもういいから……」

泣きじゃくる私から、蒼杜は体を離した。風を呼ぶ彼に従い、枯れ葉が私たちの周りに円を描きだす。

「これから最初の運命の日に戻るよ。君にできることはひとつ。自分と友だちを守ることだ」

「やめて！」

そんなのないよ。そんなことできないよ！

「蒼杜が身代わりになる必要なんてないんだよ！　ほかにも方法があるはず。ねえ、お願い。もう一度、もう一度だけやり直そうよ。次はがんばるから。私、がんばる……からっ。だから、だから——」

「俺は満足している。それに、君が死んでしまったら、さっきあの子とした約束はどうなる？　俺は約束を守れないやつは大嫌いだ」

「でも……」

体が離された。私たちの間に風が吹き抜けている。

「蒼杜……。お願い、死んでしまわないで。どうか……私を置いていかないで」

必死でお願いする私に、蒼杜はやさしい笑みを浮かべた。

「君は生きろ。それが俺の……いや、君の祖先たちの願いなんだから」

「無理だよ。そんなの無理だよ……。だって雪音さんが待っているじゃない」

いやいやと首を横にふる私と同じ高さに蒼杜は視点を合わせた。

「それは由芽の勘違いでしかない」

「違う。だって、雪音さんは心で泣いていたもの。『行かないで』って本当は言いたかったんだよ」

雪音さんのもとに帰したい。帰したくない。

嵐のような感情に翻弄《ほんろう》されている。

「雪音は運命を回避できないことを知っていたんだよ。俺が人柱になる未来が見えていたんだ。でも、家系を守ることを考えたら言えなかったんだよ」

「そんな……」

雪音さんはこの未来が見えていた。そういうこと……？

「俺の家の伝説を教えてあげるよ。運命を正しく全うすれば、いつか再会できる。だから、生きてほしい」

「……再会？」

「由芽が信じてくれれば、俺たちは必ずまた会える。その日からまたはじめればいいんだよ」

ポケットから蒼杜は懐中時計を取り出すと、私の手にそっと置いた。

「そのために、どうか迷わないで。俺たちが再会できると信じて」

私にできるだろうか。自信なんてどこを探しても見つからない。うねるような風に、周りの景色が一気に溶けだした。

行かないで。どうか私を置いていかないで！

「蒼杜！」

叫び声はあっという間に暗闇に呑みこまれた。

「よし、ここで休憩しよう」

亜衣の声にハッと我に返った。

大木を指さす亜衣。うしろには疲れた顔の楓、あすかはうつむいている。

緑の木々の間に真っ青な空が見えている。

「座らないの？」

先に腰をおろした楓が不思議そうに尋ねた。

この場面を覚えている。文化祭の準備のため、みんなで裏山に来た日に戻ってきたんだ……。崩落事故が起きる直前の世界に、なつかしさと恐怖を同じぐらい感じる。

目まぐるしく頭のなかを記憶が交錯している。だけど、蒼杜の顔ばかり浮かんでしまい、今にも泣き崩れてしまいそう。

「あれ、それなに？」

楓に言われて気づいた。私の右手には蒼杜の懐中時計が握られている。時間は午後一時四十五分。

「あ……あの」

――友だちを守るんだ。

蒼杜の声が聞こえた気がした。

もしもみんなが最初の通りの行動をとってしまったら、すべてが水の泡になる。こらえても涙があふれてくるのを止められない。

「ちょ、どうしたの？　なんで泣いてるの⁉」

「え、どうかしたのか？」

楓の声にあとのふたりも集まってきた。

蒼杜を助けたい。だけど、蒼杜がくれた奇跡も守りたい。

混乱した頭のまま、袖で涙を拭う。

「みんなに大事な話があるの」

「なになにどうしたの？　あーわかった。また〝夢見る由芽〟になって泣いてたんだ？」

おどけていた楓も、私があまりにも真剣な顔をしていたのか、すぐに口をつぐんだ。

いぶかしげな亜衣が口を開こうとするのを、手のひらを向けて止めた。

「ぜんぶ終わったらちゃんと話をするから、私の言うことを聞いて。私が戻ってくるまで、ここから絶対に……絶対に動かないで」

あすかはぽかんと口を開けている。

「なんだよそれ」

亜衣が不満を口にした。

「お願いだから信用して。もうすぐこの先にある場所で崖崩れが起きるの」

「ちょっと、由芽。それはさすがに不謹慎じゃない？」

口を挟む楓に、「だよな」と亜衣もあきれ顔。

「そんな予言みたいなこと言われても信用できねーし」

そうだよね。私だって突然言われたら同じ反応をしてしまうだろうから。でも、私は蒼杜と約束をしたから。

「信じられないかもしれないけど、私、予言ができるの。時間がないからまとめて言うけどちゃんと聞いてほしい」

三人はお互いの顔を見合わせている。

「亜衣」

「ん」

「亜衣のお父さんって大学教授だよね。この裏山についても詳しいんだよね」

「……それ、誰にも言ってないのになんで知ってるんだよ」

亜衣の耳元に顔を寄せ、

「少女マンガ好きってことも知ってるよ」

そっと告げると、すぐそばで息を呑む音が聞こえた。

「楓」

「……っ！」

まさか自分が指されるとは思っていなかったのだろう、楓が目を丸くしている。

「楓の長年の謎は私があとで解いてあげる」

「ちょっとイミフなんだけど」

「ずっとおじさんと血がつながってないんじゃないか、って悩んでるよね？　安心して。楓は間違いなく両親の大事な子どもだよ。そして、あすか――」

見るとあすかはなにかにおびえたように首を横にふっている。

「大丈夫。さくらちゃんは元気になるよ。あと、松岡さんへの態度についてはあとでアドバイスさせて」

みんなが口をあんぐり開けるのも構わずに、私は頭をさげた。

「お願いだから信じてほしい。今は、どうかここから動かないで。大切な友だちを失いたくないの」

しん、としたなか、木々のざわめきがさっきよりも大きくなっている。

「……よくわからないけどわかったよ」

楓がそう言い、ふたりもうなずいている。

「でもちゃんとあとで説明してよね。すっごく気になるから」

「わかった」

もう一度頭をさげ、山道を駆け出す。懐中時計はあと七分で午後二時になることを示している。

……お願い、間に合って！

必死で獣道をかきわけ上へと進む。息が苦しくても足は絶対に止めない。

もう風は台風のように荒れ狂っている。まるで全力で私を阻止しようとしているみたい。

やっと中腹にある崖まで来たときに思い出す。

前もこの夢を見た。ここで蒼杜が消えていく夢。あれは過去の出来事じゃなく、正夢だったのかもしれない。

教室くらいの土地の真んなかに蒼杜が立っていた。あの夢と同じように、風の中央にひとり。彼を慕うみたいにたくさんの枯れ葉が渦を描いている。

私に気づくと彼は泣き笑いの表情を浮かべた。

「なんで……来たんだよ」

「大丈夫。楓たちは来ないから。私も、蒼杜が言ったこと守るから」

「邪魔だ、あっちへ行ってくれ」

背を向ける蒼杜。彼もきっと怖いんだ。

そうだよね。私の身代わりになることを選んだのだから……。

「蒼杜を孤独にしたくない。本当なら私も一緒に逝《い》きたいよ。でも、運命を正しく全うして、いつか再会できるなら……」

もうダメだった。涙があふれて言葉にならない。

怒った背中の蒼杜が、ゆっくりとふり返った。

「由芽、ありがとう。俺も再会を信じているから」

「蒼杜……」

懐中時計はもうすぐ午後二時を示す。

蒼杜のトンビが一層激しく揺れた。

「行ってきます」

やさしい笑顔を私はずっと忘れない。

私たちを運命が導いてくれることを信じて、私も言う。

「行ってらっしゃい」

ボロボロと涙がこぼれ、蒼杜の顔をぼやけさせた。

激しい地響きが生まれても、私たちは笑みを浮かべてお互いを見つめていた。

やがて蒼杜の姿は土埃とともに消えた。

【幕間】柱谷蒼杜

君は信じないだろう。
義務からはじまったはずなのに、気がつくと君に恋をしていたことを。
けれど、この想いを口にしてしまったら、君は過去に縛られることになる。

俺の願いはひとつだけ。
君が明日も笑っていられるように、未来を生きられるように。
君がこの世を生きていけるのなら、後悔なんてなにひとつない。
だから、どうか笑っていて。
もし生まれ変われる日が来たなら、時間を越えて君に会いに行くから。
その日が来たなら、もう一度俺たちの時間をはじめよう。
君を今、十一月へ送るよ。
少しだけさようなら、由芽。

エピローグ

冬は確実にこの町に訪れている。

学校の廊下の窓から見える裏山も、帽子をかぶったように白くなっている。朝方に降りだした粉雪は、立ち入り禁止ののぼりをトンビのようにはためかせている。

あれから一カ月が過ぎても、毎日にように蒼杜のことばかり考えている。廊下にも教室にも町にも、彼との思い出が宝石のようにちらばっていて、私を苦しくさせる。

私の代わりに運命が彼を連れ去ってしまった。

クラスメイトだけじゃなく、楓やあすか、亜衣までもが蒼杜がいたことを忘れている。きっと、蒼杜はひとりで時間旅行をして、転校そのものをなかったことにしたのだろう。

私の記憶も消してくれればよかったのに。そう考えたのは最初だけ。

今では、離れていても蒼杜のことを想っていられる自分が誇らしくもある。

雪音さんの感情に同化したと思いこんでいた時期はもう遠い。今ならわかるよ。

私は初めて夢で会った日から、蒼杜のことが好きだった、と。

夢のなかで会っていたときより、十月に運命に抗っていたときよりもずっと蒼杜を近くに感じている。

「ちょっと、離れてよ」

見ると、楓と文哉くんが並んで歩いてくる。

「そんなこと言わんといてーや。せっかく迎えに行ったのに」

「だからその関西弁やめてって。朝の顔は見られたくない、って何回言えば……由芽」

　私に気づいた楓が、まるで文哉くんなんて最初からいなかったかのように駆けてくる。文哉は私に軽く手をあげると、しょんぼりした顔で教室に入っていった。

「おはよう。今朝、めっちゃ寒いね。学校指定のコートって生地、節約しすぎじゃない？」

　蒼杜のトンビならきっと温かいんだろうな……。

　私の隣に並ぶと、楓は「不思議」とつぶやいた。

「不思議って？」

「ほら、文化祭の準備のときに由芽が崖崩れから救ってくれたじゃん。由芽が止めてくれなかったらみんな巻きこまれてたんだもんね」

　正確に言えば、亜衣だけはもともと助かっていた。でも余計なことは言わないようにしよう。

　前髪をいじくりながら、楓は懐かしそうな目で裏山を見ている。

「あのときの由芽って、いつもと全然違った。あたしの家のこととか、あすかや亜衣の悩みまで言い当てて、本当の予言者みたいだった」

「あ……」

「あのときは崖崩れのせいでパニックになって聞けなかったけど、あれってなんでわかったの？　あたしだけじゃなくみんな、由芽の予言通りだったから不思議なんだ」

その答えはもう用意していた。

「夢を見るの。すごくリアルな夢で、そこで見たことが実際に起きることもあるの」

「それって正夢ってやつじゃん！」

目をキラキラさせた楓に、登校してきた亜衣とあすかが自然に合流する。

「やっぱり由芽って、正夢を見てるんだって。あたしの予想が当たったね」

「へぇ」と亜衣が感心したようにうなずいた。

「おやじのこともそうだけど、マンガにはビックリしたわ」

亜衣は自ら少女マンガ好きであることを公言するようになった。

「妹の手術が無事に終わったの。松岡さんのこともアドバイス通りにしたら解決したよ」

胸の前で手を合わせるあすかに、わざとおどけてみせた。

「〝夢見る由芽〟も捨てたもんじゃないでしょう」

実際私は夢を見たおかげで蒼杜に出会えた。このあだ名に悩むことはもう二度とないだろう。

楓が「ねぇ」と私の顔を見た。

「もういう正夢は見てないの？」

「見てない。あれだってたまたまだったし」

「なんだ」

がっかりする楓の肩を抱いて教室に入る。

さっきまで降っていた雪はもう肉眼では見えないほど弱まっていた。遠くの空に薄い青空が顔を出している。

席に座り、通学バッグからテキストを取り出す。サイドポケットを開けば、蒼杜の懐中時計が今日も時を刻んでいた。

昨日、久しぶりに蒼杜の夢を見た。

見た目もそのままの蒼杜がクラスに転校してくる夢だ。前みたいな学ランじゃなく、私たちの高校の制服を着ていて、それがくすぐったかった。

夢のなかの蒼杜は、自己紹介を促す内藤先生を無視して私に近づいて言った。

『ただいま』と。

あれが正夢になる日が来るのかな……。

再会の約束が果たされる日が来ることを、心から信じたい。

チャイムの音とともに、教室はいっそうざわめきだす。笑い声やおどける声が渦になり、それは内藤先生の登場によりかき消えた。

挨拶をしたあと、内藤先生はわざとらしい咳《せき》ばらいをした。

「今日はみんなに紹介したい人がいる。つまり転校生だ」

え……。鼓動が大きく跳ねるのがわかった。

「こんな時期に転校生なんて珍しいね」

私をふり返った楓が、眉をひそめた。

「どうかしたの？　え、なんで泣いてるの？」

風を感じる。教室にいるのに髪を、頬を、腕をやさしく風が包んでいる。

拍手のなか、教室に入ってきた彼は、私の顔を見てうれしそうに目を細める。

私のいちばん好きな、彼の笑みだった。

おわり

あとがき

「十月の終わりに、君だけがいない」をお読みくださりありがとうございます。

普段から夢を毎日のように見ます。しかも三本立てくらいで。

もう十年以上前のことですが、やけにリアルな夢を見る時期が続いたことがあります。そのうちのいくつかは夢での出来事が実際に起きたりもしました。

正夢を小説にするのはどうだろう？　そう思い執筆したのが、スターツ出版文庫から私の二作目として刊行させていただいた「夢の終わりで、君に会いたい。」でした。

あれから長い時間が過ぎ、最近またリアルな夢を見るようになりました。

体育館くらいの大きさの草原のなか、一組の男女と私は話をしています。風がいくつも吹いていて、膝までの高さで茂る草が模様を描くように揺れています。

彼らはとても似ていて、笑うと双子みたいにそっくり。楽しく話をしながら、私は心のなかで彼らがいなくならないように願う。そんな、夢。

デビュー十年目を迎え、再び正夢をテーマにした作品を描くことにし、タイトルも少しだけ前作を意識してみました。

また、私の作品にしては珍しく、主人公が章ごとに変わるスタイルとなっています。

いずれかの主人公に共感してもらえたらとてもうれしいです。

スターツ出版様ではこれまでたくさんの作品を刊行させていただきました。どの作品も我が子のように愛おしく、今でもたまに読み返すことがあります。皆さんからいただくお手紙には、それぞれの感想が書かれていて私に物語を描く力をくれています。本当にありがとうございます。

今回は私と編集担当が一目ぼれしたあすぱら様に装丁をお願いしました。デザインを担当された長﨑様ともども、すばらしい表紙を本当にありがとうございます。

執筆が終わると同時に、リアルな夢を見ることはなくなりました。

それでもあの草原に出会う日が来たなら、彼らが現れるのを待つでしょう。どんな話をするのか、今からとても楽しみです。

最後に本文に出てくる言葉を贈ります。

「自分を変えることができるのは、自分しかない。望む未来があるのなら臆するより動くしかない。君は、どんな未来でも手に入れられるんだよ」

二〇二三年五月　いぬじゅん

この物語はフィクションです。実在の人物、団体等とは一切関係がありません。

いぬじゅん先生へのファンレターのあて先
〒104-0031　東京都中央区京橋1-3-1　八重洲口大栄ビル7F
スターツ出版（株）書籍編集部 気付
いぬじゅん先生

十月の終わりに、君だけがいない

2023年5月28日　初版第1刷発行

著　者　いぬじゅん　©Inujun 2023

発行人　菊地修一
デザイン　フォーマット　西村弘美
　カバー　長﨑綾（next door design）
発行所　スターツ出版株式会社
〒104-0031
東京都中央区京橋1-3-1　八重洲口大栄ビル7F
出版マーケティンググループ　TEL 03-6202-0386
（ご注文等に関するお問い合わせ）
URL　https://starts-pub.jp/
印刷所　大日本印刷株式会社

Printed in Japan

ISBN　978-4-8137-1435-4　C0193